ANTONI

Lou Valérie Vernet

ANTONI

Novellas

Paru sous le titre « Toucher l'Instant »
Editions La Liseuse.

© 2024, Lou Valérie Vernet
Édition : BoD - Books on Demand, info@bod.fr
Impression : BoD - Books on Demand, In de Tarpen 42, Norderstedt (Allemagne)
Impression à la demande

ISBN : 978-2-3225-4320-5

Dépôt légal : juillet 2024

*À la mémoire d'Antoni,
Et à celle de mon père.
Mes racines et mes ailes.*

*Il y a un temps pour vivre
Et un temps pour témoigner de vivre.*
Albert Camus.

Avertissement :

Ces histoires ne sont ni tout à fait vraies,
Ni tout à fait fausses.
Mais qu'est-ce que le mensonge ?
Sinon l'espoir ou certaines fois la peur
Qu'il le devienne.
Vrai.

Préface

Rarement paisibles, les voyages littéraires de Lou Valérie Vernet ne sont que la révélation du désordre intime qui l'habite. Qui habite chaque être humain, d'une quelconque manière. Mais son regard incisif sur le monde capte une série d'instants, décisifs, invisibles pour nous tous, sauf pour elle. Elle accroche à ses mots justes, épurés, un sourire tendre et bienveillant.

Ces « histoires » gaiement nostalgiques, écrites avec le subconscient et la pensée poignante et abrasive de l'écrivaine ont le don de tenir la main du lecteur pour le conduire des ténèbres à la lumière. C'est là tout le talent de Lou, elle qui a l'art de transcender ses douleurs en nous enchantant de sa plume imagée pour que « cessent ses colères et ses blessures d'enfant jamais apaisées. » Nonobstant, restons positifs.

Elle écrit dans *La Femme enfant*, « si tu souffres, sublime-le. Fais-en une chanson, un opéra, une peinture, un blog internétique, ou une association. Sois créatif, sinon, tu es pire que la souffrance elle-même. » De quoi se délecter des effets alertes de cette écriture, à la fois tendre et mélancolique, avant tout réaliste. Comme Virginia Woolf qui constatait « Je marche sur le bord d'un trottoir, risquant à chaque pas de tomber », Lou s'accroche aux parois lisses de sa vie en tentant de ne pas glisser. Si, après une lecture attentive, vous vous sentez attristée, alors lisez « La recette de la colère à la française » de *La Femme-enfant*

J'offre à Lou Valérie Vernet mon amitié admirative et chaleureuse.

Claire Champenois,
Journaliste Ecrivain.

Note de l'auteure

Situées entre la nouvelle et le roman court, ces deux *novellas*, aux protagonistes multiples, trouvent pourtant leur inspiration dans une seule et même entité : Antoni. Un petit bonhomme grand comme un dieu, une enfance brisée, une leçon de vie sans précédent.

Il fallait bien ces fictions pour lui rendre hommage.

D'une façon ou d'une autre, sans rien dire de lui précisément, mais en nommant tout, jusqu'au bout de l'âme.

Parce qu'un été de 2021, il aurait dû avoir 18 ans et que j'ai vu arriver ce jour en redoutant qu'il m'achève.

Parce qu'il m'a tout appris du rire jusqu'au ciel, du courage jusqu'aux étoiles, de la vie dans sa flagrante vulnérabilité.

Parce qu'il est de tous mes mots mais que personne ne le connait vraiment.

Parce que même s'il n'est pas né de mon corps, il l'est de mon cœur, de mon âme, de mes tripes.

Parce que je ne veux plus revivre une énième fois le souvenir du bois blanc qui s'enflamme mais au contraire, le ramener à la vie, ici, au devant de la scène comme le géant gamin qu'il était.

Quelques photos que je m'autorise parfois à regarder et autant de films que je ne visionne plus.

Peut-être parce que sa voix n'est plus en dehors de moi mais en moi. Définitivement. Comme la leçon de vie la plus folle et grande et sacrée que j'ai eu à endurer. Parce qu'il fallait au moins une fois qu'il existe ailleurs que dans ma mémoire.

Parce que parfois j'aurais tant aimé qu'il s'échappe de moi et que rien de ceci ne soit vrai.

Parce que son absence est la preuve de la folie du monde, lui qui savait ouvrir les bras comme seul un enfant sait le faire, en sacralisant la tendresse, en comblant les vides, en étreignant l'immensité de l'amour.

Parce qu'en nous vivant durant quatre toutes petites années, j'ai pu entrevoir ce que l'on nomme l'enfer et le paradis et tout ce que la vie met de pagaille au milieu. Tant, tellement qu'il m'a fallu être à la fois ou tour à tour une maman, une marraine, une nounou, une consolatrice, une conteuse de folle espérance, une mère noël, une apôtre et Dieu sait quoi qui fasse qu'il continue de vouloir vivre, se battre, sortir de sa bulle, apprendre à se nourrir, à parler, et à croire que dix mille soins ne sont rien en comparaison de la guérison que l'on espère au bout.

Bien sûr que j'y ai cru, jusqu'au bout, même après, sidérée de ne plus tenir sa main. J'étais jeune, arrogante et je croyais encore que l'amour, mon amour, pourvoirais à tout et surtout à lui.

Parce qu'il m'a laissé en héritage d'être meilleure quelquefois même si évidemment, il n'est que le un millionième de plus dans ce vaste monde ; je n'ai jamais autant appris qu'en vivant à ses côtés. Il avait cette épaisseur de vie, cette humanité, cette entièreté que j'ai rarement rencontrée depuis.

Parce qu'enfin il est temps d'arrêter de le garder pour moi et d'oser le partager.

Voilà, ca y est, Antoni, mon cadeau précieux, je te rends à la vie.

Pars, échappe-toi, et ne reviens pas.

Nous nous retrouverons plus loin, plus tard. Il est l'heure pour nous deux de continuer à grandir et renaitre encore. Autrement.

La Femme-enfant

Mieux vaut tuer un enfant au berceau
Que nourrir des désirs qu'on réprime.
William Blake
(1757-1827)

D'abord tu t'engourdis.

Un verre, deux verres, le flacon. Comme tu n'es pas sûre que ce soit assez, tu additionnes une pilule, ou plus. Mais pas le tube. Si c'est un des moyens, ce n'est pas le seul.

Commence alors le voyage, vaste programme.

Dans une sorte de « no man's land », entre l'esquive et l'absence, un intervalle presque véniel, étrange et second où tu t'assoupis. Mais tu ne dors pas encore. Non. Tu commences à peine à te diluer. Le bien, le mal, l'amour, la haine, toutes ces conneries qui ont fait ta peine et ton désespoir.

Paradis infernal !

Puis tu tâtonnes et tu le trouves. Il était là, en éveil, pas si loin. Dur et froid. Puissant et prometteur.

L'exorciseur !

Sa lame glisse une première fois. Tu l'aiguises au duvet de ta peau, juste à l'endroit de cette belle veine bleue. Tendue, offerte. Une seconde fois encore. Cet Opinel, acheté trois francs six sous, s'attarde et se languit. Tout est possible. Ce n'est plus ni froid ni chaud, ni mal ni bien. Cela est, tout simplement. Alors tu fermes les yeux. Et tu descends loin en toi. Là où sont écrits tous les pourquoi du comment. Ce qui fait que t'en es arrivée là. Énormité absurde d'un malentendu originel.

Et tu tranches. Net. D'un coup.

Même pas mal. Presque trop facile.

La couleur qui en jaillit te soulage. C'en est presque vivant. Tout était si sombre, si continuellement noir.

Ton corps cède enfin et tu t'allonges. Tu hoquettes ou tu soupires puis tu t'endors. La souffrance s'écoule, se répand. Épaisse et chaude.

Elle ne suinte plus, elle donne « libre cours ».

C'est beau « libre cours ».
Ça veut dire sans barrage. À flot. Tant qu'il y en a.
Ce fiel qui battait à tes tempes et circulait sans raison se dissout. Envolé le poison. Libéré le venin. Tes rêves sont là qui s'impatientent.
Ils vont bien durer l'éternité.
C'est si court l'éternité quand on a à ce point espéré qu'elle nous délivrerait.

1

La première fois que j'ai écrit, c'était pour tromper la peur. Plus tard ce fut pour combler l'attente. Aujourd'hui, j'imagine leurrer la mort.

J'ai écrit mon premier roman à l'âge de 9 ans, sur un ticket de métro. J'avais trouvé l'acrostiche des mots *La Vie* et je pensais alors que j'avais tout dit. Plus rien, après ça, ne sortirait de moi.

Labyrinthe sans issue
  Abri du néant
    Verge branlante d'un
      Imen saccagé
        Erreur ou sacrifice ?

Je ne savais pas encore qu'*hymen* prenait un H et encore moins un Y. J'avais utilisé le « I », pointu et droit, sec et dur. C'est dire la façon dont je venais d'apprendre le mot *verge*. J'avais bien essayé, tout de suite après, d'écrire sur l'envers du même ticket, l'acrostiche du mot *mort*.

Je n'avais pas été plus habile que :
Morbide éventration,

Ô profanation
Raison du plus fort
Tue sans effort

Une larme s'était brisée sur la tranche du ticket, entre la vie et la mort, où normalement se joue l'existence. Il m'aurait fallu au moins un carnet entier pour qu'elle prenne de l'épaisseur. J'ai pensé à la chanson de Renaud :
Je voulais me faire tatouer un aigle,
Mais on m'a dit y a pas la place.
Alors je me suis fait tatouer un moineau.
Bah quoi, y a des moineaux rapaces !

Tout à fait moi. *La femme-enfant*.

Je crois que c'est à partir de là que j'ai recommencé de mouiller mon lit. Ce qui n'était pas une bonne idée.
Ma mère, agacée, se figurant une provocation que je lui adressais personnellement - une rébellion à son autorité ? - finit par rapporter un étrange appareil. Une boîte rouge. D'environ dix centimètres. Plate et munie d'une ceinture qui enserrait la taille. Elle renfermait un mécanisme diabolique. Une languette de la taille d'un protège slip était raccordée. Il fallait la faire descendre chaque soir dans ma culotte. Contre mon sexe. Des fils déchargeaient une impulsion électrique dès que je commençais à faire pipi. Elle appelait ça le *Stop Pipi*. Et moi une *Morbide Éventration*.
Ce n'était pas le premier de nos malentendus.
Juste un de plus !

J'ai lu que les trois éléments qui caractérisent le psychopathe en devenir sont : *mouiller son lit, mettre le feu et torturer les animaux.* Malheureusement, je n'ai jamais pu me résoudre à la violence. L'énurésie a amplement suffi à répandre chaque nuit la mauvaise sève qu'on avait tenté de m'inoculer. Et les larmes que je m'interdisais de faire couler.

Il est vrai, j'aurais dû parler. C'eût été plus simple. Mais est-ce que j'aurais pu ? Qu'aurais-je dit ? Mes lèvres scellaient un secret que je ne pouvais dénoncer. La glu de son plaisir. Despotique.

Après tout, je l'avais sûrement cherché.

Il était gentil, cet instituteur !

Plus tard, beaucoup plus tard, certainement trop tard, je l'ai fait. J'en ai parlé.

Ma mère m'a regardée, effrayée, et m'a dit : « Prouve-le. »

À cet instant, j'aurais pu la tuer. Mettre le feu, la dépecer. Finir la trilogie que des années de silence avaient contenues.

Et pourtant je n'ai rien fait.

Depuis elle sait que je la hais.

Sait-elle jusqu'à quel point ?

Et que je l'aime ? Là, c'est moi qui ne sais plus.

2

Alors un jour – pas si loin – je me suis dit, il faut en finir. Il faut que cesse l'écho des vieilles blessures.

Après avoir été cri, après avoir été plainte, que le murmure languissant se taise et se dilue. J'ai choisi un soir de décembre, un jour de grandes giboulées. J'ai profité de ce que le ciel se vidait – le ciel, aussi, a ses peines : quand les nuages fuient, c'est bien qu'il lave ses plaies – pour me vider moi-même. Je me suis dit : « Une bonne saignée et tout comme les nimbostratus, mes fantômes se dissiperont. »

Sûre qu'alors je me retrouverai devant un beau ciel bleu, vierge et propre. Je n'ai vu que le plafond blanc d'une chambre d'hôpital et juste après j'ai entendu prononcer :

Centre Thérapeutique Jeanne d'Arc.

J'ai trouvé que c'était vachement culotté comme nom. Pire encore de m'y avoir emmenée. Pour ce que je savais d'elle, pauvre pucelle ! Brûlée vive pour avoir dit tout haut ce que des voix lui disaient tout bas. Ils peuvent toujours attendre que je parle. Je tairai les miennes. Je ne dirai rien. Plus maintenant. Ni à mon âge.

À part ceux qu'elle renferme, on pourrait lui trouver du charme et beaucoup d'esprit à cette clinique Jeanne d'Arc – *raccourcissez et prononcez Dj Ay* ! La disc-jockey des paumés. Ça lui donnera un petit air branché parce que signer de noms botaniques les différents bâtiments qui l'abritent, c'est un peu ringard et surtout vachement hypocrite.

La première bâtisse, centrale et imposante, sans grande valeur architecturale – presque sans âme si ce ne sont les nôtres qui la hantent –, haute de cinq étages, est baptisée *Le Chêne*. Genre inébranlable : *Vas-y gamine, mets-moi à l'épreuve, j'ai les reins solides*. Impassible et résistant à tout ce qui trame entre ses parois. Les cas les plus *hard* y sont protégés. Il n'est pas précisé de qui.

À droite du *Chêne* plus noble et racé, *les Bleuets,* la façade décrépie, mais le maintien digne.

Un pavillon d'une dizaine de chambres seulement.

Des fragiles tordus, mais pas méchants. Ni dangereux.

En face, son jumeau : *les Tournesols*. Les sortants. Les *moins pires* ? Ceux qui ont encore une chance.

Au milieu, un espace vert. Des bancs, un vieil olivier, quelques variétés de roses – dont la *Charles de Gaulle*, la plus odorante, mélange de mauve et de bleu, pas tout à fait parme –, et des allées de gravillons avec juste au-dessus le ciel. Soit il grimace en nuages, soit il se tord de pluie. Mais jamais ne rit de mille feux. Sinon, c'est qu'il brûle. Et nous avec.

L'enfer, quand tu arrives ici, c'est d'aller direct au *Chêne*. Avant de finir *Tournesol*, faut un bail et des heures de mauvaise haleine. Si t'es au cinquième en plus, faut déjà te farcir les étages, un par un, souffrance après souffrance. L'échelle des guérisons. Attention à ne pas louper les marches. Traverser le jardin et déménager tes valises de cauchemars vers *les Bleuets*.

Celui qui a inventé ce dédale, y a plus d'un siècle, croyait aux symboles. Il fallait que le chemin parcouru soit signifié au patient… jusqu'au portail libérateur. Avec des pieux, au bout, tout de même.

Y'a qu'un moyen de le franchir proprement : te faire ouvrir la porte. Gardée nuit et jour par de *gentils* poissons enfermés dans un bocal aux trois quarts vitré : la *Sirène*, le *Requin*, la *Baleine*, *l'Anguille* et la *Tortue de mer*. Cela dépend des humeurs et du nombre d'heures de bulle.

Ainsi, dans la famille *Dj Ay*, partout disséminés, il y a aussi le grand ponte, la psy, les blouses blanches, les *ergomachinchoses*, les *bureaucrânes*, et les fameux Docteurs *es*… Moi, je suis tout simplement la *Déveine* du C4 (*Chêne*4^{e}étage). Je n'avais qu'à pas me rater !

C'est la première leçon que tu apprends en arrivant ici. Tu assumes tes actes. Quels qu'ils soient. Même s'ils te sont dictés par d'amers souvenirs, indépendants de toi.

Il fallait en faire autre chose. La souffrance doit être fondatrice. C'est trop simple de vouloir se tuer.

Le manque d'inspiration, c'est ça la vérité. Si tu souffres, sublime-le. Fais-en une chanson, un opéra, une peinture, un *blog internétique* ou même une association. Sois créatif. Tout, mais pas un truc moche et banal. Sinon tu es pire que la souffrance elle-même.

3

Je crois me rappeler que, petite, en jouant un après-midi d'ennui, je me suis pris un dictionnaire sur la tête. Il se trouvait là, perché, et moi en dessous à gesticuler, on s'est rencontré. Au lieu de voir trente-six chandelles, j'ai vu flotter quelques 60 000 mots. Quelques-uns me sont restés. C'est avec ceux-là, depuis, que je fais mes phrases. Évidemment, quand je le dis, on ne me croit pas. Alors tu parles que la pucelle d'Orléans, je la comprends. Mais pour le coup, quelque chose m'ouvrait enfin l'esprit. Ce fut aussi brutal que lorsqu'on m'avait ouvert les cuisses, mais bien moins sale et plus salvateur.

La psy à qui j'impose, depuis mon arrivée, un mutisme obstiné, dit qu'il faut que je lui parle. Qu'à elle, je peux tout raconter. Que je ne dois pas avoir peur. Qu'elle peut tout entendre. Si je savais ce qu'elle a déjà entendu ? Eh bien tant mieux ou tant pis, parce que moi, pas !

Je ne peux pas parler aussi fort que les voix qui sont dans ma tête. Déjà que ça se bagarre là-dedans. C'est à qui gueulera le plus fort. Ça finit toujours qu'à force, je me prends la tête entre les mains pour ne pas me la cogner contre les murs. Je l'empêche de valdinguer. En fait, j'ai l'impression d'avoir mille aiguilles qui me traversent. C'est infernal ce tricot.

Le truc, pour m'en sortir, c'est d'écrire. Je parle tout bas sur la page blanche et quand je l'ai bien remplie, je m'endors. J'ai gagné le combat.

La psy, elle dit d'accord, je peux continuer d'écrire, mais qu'un jour, il faudra bien dire.

Comme si c'était simple.

Yaka-Faukon, le sésame magique !

Luc, aussi, ne parle pas.

Depuis qu'il est arrivé en ambulance l'autre nuit, on n'a pas entendu le son de sa voix. Pas même un gémissement. Ni une grimace. Encore moins une larme. Des semaines qu'il reste prostré à fixer le vide. À la prison ce n'était plus gérable. Les autres en faisaient ce qu'ils voulaient. Ici, il a sa chance. Chevillé au néant, on croit qu'il nous regarde, en fait, je sais maintenant qu'il nous traverse. Il est absent.

Chêne, 5ᵉ étage. Un plancher de séparation. Juste au-dessus de ma chambre. Pas mieux loti en vérité. La différence réside dans le fait que je participe. Lui, pas encore.

L'autisme, ça doit ressembler à ça.

Un blanc infini qui cherche la couleur.

Ne serait-ce qu'une !

Ce qu'il y a de bien, c'est qu'on rencontre des gens intéressants, ici. Quand je dis « intéressants », je veux dire « pas ordinaires ». Avec des histoires, des vraies.

Seuls ceux qui risquent de se suicider ou de tuer sont enfermés ici.

Faut voir la compil ! Au Top, la *Dj Ay*.

4

Autrefois, avant d'avoir baissé les bras, quand je croyais encore que je pouvais m'en sortir, je m'étais mis en tête d'écrire un livre sans point. Si Perec avait pu passer pour un génie avec son absente, je me disais que j'avais aussi ma chance. La foi du débutant ? Ou l'orgueil ? Au choix.

Je me disais : « le plus dur, pour un écrivain, c'est le point frappé au bout de la dernière page. À la fin, juste après le dernier mot. À se demander alors ce qui initiera la prochaine majuscule ? »

Je pensais avoir trouvé la parade. Évidemment, quand il avait fallu lire, j'avais manqué de souffle. Pour continuer d'écrire aussi.

Dans mon journal, j'y vais par petits bouts. J'imagine trois petits points à la fin de chaque paragraphe. La suite viendra, je me rassure.

« Ici, les victoires sont petites. Mais ce sont des victoires. Et il en faut pour gagner une bataille. La guerre peut-être pas, soyons patients. Mais des batailles, pourquoi pas ! »,dixit la psy.

Elle a raison d'être relative. La guerre, je n'y aurais pas cru. Des batailles, tout dépend desquelles. Aucune n'est comparable. J'ai le temps d'évaluer et de choisir.

5

Parricide, j'ai entendu dire. Un jour pas fait comme les autres, dans le soixante mètres carrés qui leur servait de ring – Boulevard Davout, Paris 20ᵉ, je précise pour ceux qui n'auraient pas lu les journaux ! – la force s'est inversée. Un gauche maladroit, décroché en pleine figure, le père de Luc a vacillé. L'arête de la table basse l'aurait sonné au point de fixer sa dernière heure. L'élève qui dépasse le maître. Enfin !

Des années qu'il l'appelait *Trou du Cul* avec un *C* majuscule. La face cachée de Luc, comme il disait vicieusement à chaque fois qu'il voulait le coincer.

Il faut savoir ce qu'est la peur. La rage sourde, le poing fermé, le cri rentré. Le contenant qui ne peut plus contenir, la goutte qui fait déborder le vase. Un vase pour la tige de papa. Une dernière fois !

Depuis, il fixe, hébété, l'espace d'un nouveau jour. On dirait qu'il attend. Ici, on est tous là pour ce nouveau jour. Celui d'après le passé.

Qui dit que c'est le présent. Peut-être.

« Mais pour cela, il faut parler. Ne pas se poser la question de savoir si c'est bien ou mal, si on a le droit et qui on va blesser. Si c'est pertinent ou même ce qu'il adviendra par la suite. Il faut éteindre ces voix qui parlent plus fort que ce qu'on a à dire. De n'importe quelle façon, mais faut que ça sorte. Moi, si j'arrive à écrire ce cahier puis à le lire, alors ce sera comme parler spontanément. Tout ce qui sort ne rentrera plus. Il faut commencer par le début. Ou pas, d'ailleurs. On se fout de la chronologie, de la cohérence, de l'exactitude. Il faut y aller. C'est tout. Même si c'est énorme. »

Pendant que la psy m'expliquait tout ça, je regardais l'heure au cadran de ma montre. Les chiffres indiquaient 14 h 14. Je crois que c'est pour ça que je lui ai fait confiance. J'aime bien quand les choses sont précises et magiques.

Par exemple, 20 h 20, c'est l'heure des anges par excellence. Tu peux être sûr que si tu fais silence à ce moment-là et que tu es connectée, tu ne te sentiras jamais seule. Au moins une fois dans ta journée, tu seras pleine. On dit qu'ils passent à moins vingt aussi, c'est sûrement qu'ils s'en retournent, alors évidemment j'aime moins.

10 h 10 est la meilleure heure pour se lever. Elle correspond à la position des mains sur le volant, un bon départ dans une journée. Par contre, 09 h 09, c'est sans intérêt. Ça s'annule.

Moi je suis née à 13 h 20, ce qui n'est même pas un multiple, aucune polarité, ni logique. Une heure bâtarde.

Quand j'ai quitté son antre ce jour-là, pour la première fois en dix jours que je la connaissais, je lui ai souri. Sa montre indiquait 15 h 15. Je ne parlais toujours pas ou peu – quelques grognements, des grimaces, haussements d'épaules–, mais j'ai commencé à lui écrire. Elle ne le sait pas, enfin, pas clairement. Au dernier point seulement, quand j'aurai fini, je lui lirai mes phrases.

Avant, j'ai peur qu'elle m'interrompe.

Je crois qu'ici, on a tous été interrompus, au moins une fois et qu'on ne l'a pas supporté. Paraît qu'aujourd'hui, ils veulent bien nous écouter. Ça m'étonnerait qu'ils aient la patience qu'on a eue, de tant attendre.

Luc, lui, faudrait déjà qu'il revienne. Il est figé, tout raide. Même quand il marche dans les couloirs, on pourrait presque entendre comme des déhanchements de robot, rouages métalliques, grippés. Je l'ai vu plusieurs fois s'arrêter devant ma chambre. Je ne me retiens pas d'écrire, il me plait de croire que ça l'intéresse. Ça veut sûrement dire qu'il est encore vivant. Un môme qu'on trahit, peut-il encore bien vivre ?

6

L'été dernier, je me trouvais devant une bouche de métro, j'attendais quelqu'un. Je ne pense pas que ce soit important de dire son nom. Le fait est que j'ai attendu. Longtemps.

L'escalator recrachait son flot d'estivants satisfaits. Il couinait, faisant un bruit infernal à chaque fois qu'il se vidait de leur pesanteur. N'importe qui aurait pensé : ses rouages manquent d'huile. Ou peut-être son mécanisme est-il entravé par une pièce, un *chewing-gum*, un ticket de métro ? N'importe qui, sauf moi. Je crois être la seule à l'avoir entendu vraiment : il hurlait. On l'avait trahi.

Quels étaient ces touristes, légers et heureux qui avaient remplacé ces parisiens, massifs et malheureux ? Le poids de la misère lui manquait. Il lui fallait son comptant de piétinements désagréables pour reconnaître le sens et l'utilité de sa démarche. Il n'était pas là pour faire le beau. Qu'on l'agresse et qu'il serve ! Il ne veut pas se reposer, il veut se battre. Qu'au moins les touristes l'assaillent. S'il n'en avait pas tant besoin, il les mépriserait.

Rouler à vide le remplit d'épouvante.

Puis, d'un seul coup, il y eut le silence. À croire qu'il m'avait entendue l'écouter. Il s'était senti compris. Tout fonctionnait normalement. Plus de plaintes ni de cris. Le ronron du quotidien.

Est-ce cela qu'on appelle la compassion ? Pouvoir tout entendre et ne rien juger. Ne rien y comprendre, mais tout accepter.

César, lui, il n'y croit pas du tout. Il ne croit qu'à la *tchatche*, la *provoc'*, la joute linguistique. *Jeux de mots, jeux de malins* c'est mieux que *jeux de mains, jeux de vilains*. Mais bon, faut avoir le choix. J'suis pas sûre que Luc l'ait vraiment eu, le choix !

Faut dire que César, il a eu sa part d'emmerdes aussi. Il est devenu amer et plutôt cynique. Sa finalité, c'est de dire qu'il ne marchera jamais plus dans leurs combines.

Et pour cause ! Elle est bête son histoire, à César. Il lisait en marchant ou vice-versa d'ailleurs – je ne sais plus très bien –. Il n'a pas vu le lampadaire, il s'est cogné dedans, et évidemment il est tombé. Un camion ivre est passé, il avait les jambes qui dépassaient. Plus moyen de les faire aller. À quoi ça mène de vivre tête baissée ?

Il dit qu'il aurait dû s'en douter. Toute sa courte vie déjà, il avait été emmerdé par ses pieds. Des engelures l'hiver, des crevasses l'été, des ampoules par tous les temps. Et à chaque fois qu'il achetait une paire de pompes, soit elle était trop petite, soit trop grande.

Il suffisait qu'il sorte du magasin pour que, arrivé chez lui, les chaussures fassent des leurs. Il n'avait jamais vraiment réussi à marcher dans ses pas. Au jeu de la marelle, la seule fois où il s'y était essayé, il n'avait pas eu le temps de compter jusqu'à sept qu'il avait glissé. Le *Ciel* était resté une attente, un mystère, un peut-être. Il avait fini à genoux, sale et contrit.

Depuis, du haut de son tronc, paraît qu'il relativise. Et moi aussi d'ailleurs. Il aurait voulu voyager. Parcourir le monde, aller loin. Aussi loin que les images des livres le lui proposaient. Y'a pas que quand t'es gosse que la misère s'abat sur toi. Quand t'as 20 ans aussi. À quelques jours près, il allait les fêter. Et dire que sa mère ne voulait pas lui acheter une moto. Marche, qu'elle lui disait. Tu iras loin. Les conseillers ne sont jamais les payeurs !

Maintenant il a une petite voiture sans permis qu'il fait rouler avec ses deux bras. Il refuse que sa mère le pousse. Il dit qu'il ne lui en veut pas, mais il écrit le contraire. Il n'y a que moi qui aie le droit de le lire. Et encore, pas tout. Il efface à mesure qu'il écrit. Il dit qu'il ne veut pas encombrer le disque dur de son ordinateur, qui lui sert surtout pour les jeux. Il contribue juste à nettoyer sa mémoire vive à lui. Moi, je crois surtout qu'il a peur qu'elle sache.

En vrai, il l'aime quand même. Son père, lui, il ne dit rien. Il travaille. Il est occupé.

Parfois il vient le dimanche.

Pour l'emmerder, à chaque fois qu'il se radine, son costume tout neuf sur son corps tout vieux, César lui dit : « Alors comment ça marche aujourd'hui ? » Le ton est donné, ce n'est qu'un dimanche de plus. Il pense que les mots sont faits pour qu'on leur donne un sens. Et qu'il faut bien connaître le contexte pour en prendre la mesure. Les gens l'oublient trop souvent. Il ne veut pas que ses parents, eux, fassent l'impasse.

Son accident l'a rendu un peu barge. Barge sympathique, mais barge tout de même. C'est moi qui le pense, et je suis bien placée pour le savoir. Il a autant de débit que moi j'ai de silences. Mais au fond, le délire est le même, une foutue colère bloquée. Des petites voix assassines sacrément têtues.

César, il n'est pas avec nous. Il est au rez-de-chaussée du *Chêne*. À cause ou grâce à son fauteuil. Plus commode. Même si y a un ascenseur. C'est dehors qu'on s'est rencontrés. Au jardin. Il avait failli rouler sur une clope perdue. J'ai crié « Stop ! », il a su s'arrêter. Quand je disais qu'ici, il y avait des gens pas ordinaires. Il a pilé à un *chouia* près et m'a offert de partager la cigarette.

Je n'allais pas la lui refuser.

7

Je crois que j'ai été conçue un soir de bal.

En goguette ! Mon géniteur, un pédophile incestueux qui court encore sans qu'on l'ait jamais rattrapé, a séduit ma mère avec de belles phrases et aussi quelques verres d'alcool. J'ai toujours pensé que son sperme, ce soir-là, devait ressembler à du lait caillé. Indigeste, mais efficace. Comme j'allais fatalement devenir.

Quand il a su que ma mère était enceinte, il a nié. « Ce n'est pas moi, c'est un autre ». Bah tiens donc ! Il lui a quand même filé ce qu'il fallait d'argent pour m'expulser hors des frontières. Vaginales.

Pas si innocent, le zèbre !

J'ai contracté ma première dette et débité ma vie d'une somme que je n'ai encore jamais été capable de rembourser, ni d'évaluer. Ma mère s'est enfuie. À Paris, dans la foule. Seins bâillonnés, ventre rentré. Ni vu ni connu, je t'embrouille. Au jour « J », ils s'y sont mis à plusieurs pour me faire naître. Tu m'étonnes, j'étais bien cachée. Pelotonnée dans un coin. Laissez-moi grandir. Promis, je ne prendrai pas de place. Je ne dirai rien.

C'est ce que j'ai fait. Jusqu'à aujourd'hui.

C'est qu'on est tous pareils ici. Fidèles à nos parents, abattus par nos peines, mutiques devant nos désirs. Évidemment César, il parle beaucoup, mais au fond il ne dit rien. Rien d'essentiel en tout cas. Le plus dur c'est pour Luc. Tout ramassé sur ses abus, perpétuellement plongé dans son grand vide. J'imagine, s'il se déploie un jour, la merde qu'il contient : jusqu'où va-t-elle se répandre ?

Du mutisme à la logorrhée, sait-on ce qui se cache vraiment ?

Pour la première fois ce matin, Luc m'a fait passer un papier : « Qu'est-ce que tu connais le mieux de toi que les autres utilisent le plus ? ».

J'ai su que ça venait de lui parce qu'après ça, il n'arrêtait pas de me regarder. J'ai haussé les épaules, style « tu m'en poses, une colle », et j'ai pensé « foutu monde que le nôtre ». Y en a pas un pour rattraper l'autre. Des mots jetés à la dérive, devinette à deux balles, jeux de pistes pour trouver le trésor. Abattez les arbres, débitez le papier, la misère va parler. Je lui ai quand même répondu par une autre question « Enfermé dans un cercueil, la tête en bas, je parle toutes les langues. Qui suis-je ? ».

Une seconde amitié était née !

César lui, il a trouvé tout de suite. Il est sagace.

Quant à Tibo, c'était le week-end, il avait une perm' exceptionnelle. Pas dit pourquoi.

On attend qu'il revienne.

8

Il est vieux Tibo. Il a vécu.

Il en sait plus que nous. Tibo le poète, l'homme de la rue. Trahi par son surnom qui mit dans le désordre révèle si bien l'ivresse du mot « boit ». Tibo, l'homme du labyrinthe, coincé au carrefour de sa vie.

Carambolage non prémédité.

« Un labyrinthe, un putain de labyrinthe. C'est tout. Pas autre chose qu'un foutu de merdier de labyrinthe, tu m'entends. Un coup à droite, un coup à gauche, impasse, demi-tour, tu recules et hop c'est reparti. Circulez, y a rien à voir. Même pas sûr qu'il y ait une sortie de prévue.

Juste destinée à se perdre dans dix mille culs de sac avant de pourrir au fond de l'un d'eux. T'essaies et t'essaies et t'essaies encore.

Puis un jour tu t'assois et tu ne te relèves plus ».

Impossible de le calmer Tibo quand il se heurte ainsi aux barreaux de son existence. À te faire flipper.

« Et le monde, il ne te fait pas flipper ? Un beau chantier, oui ! Une seule route à prendre et pas le moindre plan. Des milliers de rues qui ne te mèneront nulle part, mais que tu vas quand même te farcir. Bitumé au pavé de la plus grande avenue de Paris. Comme ça, pour rien ».

Quand Tibo est devenu SDF, il ne pensait pas à ces choses-là. Ces grandes idées lui étaient venues après. Résultat d'un savant mélange de vin, de paresse et de dégoût. Un jour, qu'il préfère oublier, il s'est assis sur les marches d'une église, la journée est passée, la nuit l'a surpris ; il n'a plus pensé à rentrer. Personne, non plus, n'a pensé à venir le chercher. Les jours se sont mus en semaines qui ont grossi en mois.

Un an avant que sa famille ne le retrouve, proche du coma. À la limite de l'oubli absolu !

Un bel homme pourtant. Grand, blond, racé.

Un peu maigre, c'est vrai, mais sans le gris de la rue et le rouge du godet, un mignon de la haute, ça se voit. *Les Bleuets*, chambre 6. Il revient de moins loin ou alors il cache bien son jeu. Du fond de son labyrinthe, c'est tout de même lui le plus près de la sortie.

Luc, César, Tibo, Moi. À nous quatre, on forme une joyeuse équipe. Digne d'un vieux conte pour enfants. Pas beaux, mais si attachants. En même temps, dans une clinique, il ne faut pas s'attendre à trouver autre chose que des *moitiés de rien*. Ce qui est déjà quelque chose. Mais bon, on n'est pas à l'école du cirque non plus. Le cinéma muet, tout au plus.

Il y a combien ?

Un mois, déjà, que l'on est confinés là ?

Nous sommes arrivés pas loin les uns derrière les autres et pourtant j'ai l'impression que c'est depuis toujours. On se reconnaît. C'est notre monde. Moi qui pensais écrire mon histoire, je me retrouve à parler d'eux. Ils sont un peu moi. On est tous un peu l'autre. La souffrance en tout cas, quand on a baissé les armes, ramène au même point : la nudité.

Elle fait qu'on s'aperçoit, qu'on est loin d'être si différents. Notre QG, c'est le jardin

Pour César surtout, c'est le plus accessible. Au départ on déambulait, le mouvement cachait notre timidité et puis on s'est approprié le banc. Maintenant on partage à peu près tout. On ne dit pas grand-chose, dans l'ensemble. Ce qu'on sait déjà, et qu'on a fini par comprendre. À force, quand même, les langues se délient. Comme je suis la seule fille du groupe, ils n'ont pas peur que je raconte. Ils savent que j'écris, mais ça, c'est pas trahir. C'est témoigner.

De toute façon, les autres patients, on ne les voit pas. Ils sont là, tout autour, différents. On se rassure. On n'est pas tout seuls. On est comme dans une bulle, *quatuor aphasique ou trop bavard*. Phénomène à l'étude. Indigènes inadaptés. Une tribu parmi tant d'autres. On sait que ça n'a rien d'original. Mais si les autres le pensent, alors on est content.

Luc, il a le crâne rasé et toutes ses cicatrices bien dessinées. Signes de tendresse paternelle. Bercé trop près du mur. Ce n'est pas juste une blague

Y en a vraiment à qui cela arrive.
Tibo et sa gueule de « boit ».
César et son cabriolet.
Moi et mes envies de trépasser.
Manquait plus que la Jeanne pour nous écouter !
« Eh, la Dj Ay, tu m'entends, tu me crois au moins ? Non parce que ça me ferait mal que tout cela finisse sur un grand bûcher. »

Il m'arrive parfois de lui parler. Je la prends à partie. Avec elle, je n'ai pas besoin de faire beaucoup d'efforts, je n'ai qu'à penser. Même sans formulation, sans belles phrases, avec des fautes, des « coq à l'âne » et la moitié des éléments.

Je sais qu'elle me comprend.

Grâce à elle, on peut dire qu'on est comme les cinq doigts de la main. Unis, invincibles. Enfin il nous plait de le croire. Elle, c'est le petit doigt. Le rapporteur. Celui qui dit tout, qui entend tout. *La Voix* parmi les voix. Faudrait pas qu'on nous ampute. L'équilibre est fragile et ne tient que parce que l'on ne sait pas exactement pourquoi. On s'est retrouvés soudés en quelques jours et il nous suffit de le savoir.

9

Ce que j'aime dans les feux d'artifice, c'est quand on voit les petits points lumineux s'élancer en zigzaguant, bondir dans l'espace et exploser en fanfare. On dirait des spermatozoïdes vibratoires éjaculant en plein air. Sauf que là, c'est joli. Y a des couleurs, le ciel s'illumine et tout le monde est content. Beaucoup applaudissent. Moi, ça me fait pleurer.

César pense que je suis un peu dingue – c'est l'hôpital qui se fout de la charité –, et Tibo trouve ça beau.

Luc, dans son enfer blanc, mélange certainement les couleurs. Il grimace. Je hausse les épaules, impuissante et je passe à autre chose.

Autour du cou, je porte une chaîne en argent au bout de laquelle pendent une lune et une étoile. À mon doigt brille une bague incrustée d'un grand soleil. Le fondateur de la *Dj Ay* devrait être intéressé : « une poignée de symboles ! » qu'il m'explique.

Tibo le supplante : « Manque plus qu'à trouver la terre où dispenser cette énergie. La terre mère, porteuse malgré tout de ce petit électron libre, perdu dans les airs, au gré des vents comme des marées. » Merci Tibo.

10

J'ai souvent entendu dire « Je t'aime », comme on achète un paquet de gâteaux. Avec cette envie impérieuse de goûter au miel, rien moins qu'une envie de sucre, la convoitise d'un plaisir buccal, olfactif, primaire. Puis, l'envie passée, venait l'autre besoin, le sel. Une pointe de piment, les premières bagarres. Juste ce qu'il faut. Tout en mesure. Bien doser les portions, sinon c'était la soif et avec elle, l'envie d'aller s'étancher ailleurs. L'amour comme un caprice, une fantaisie. Le temps d'attendre une autre folie, la bonne celle-là, sérieuse. Pleine de serments et de lassitudes. Il était temps que tout s'arrête. Quand je suis née, ma mère n'y a plus cru. Et moi jamais.

Je le sais et l'ai toujours su : l'amour ne dure pas. C'est pour cela que rien ne marche, que je veux en finir et que risquer encore cet écueil me semble une belle connerie. Qu'on me montre des gens heureux de cheminer ensemble, jour après jour, année après année. Allez, même pas heureux, simplement tranquilles, sereins. Bien sûr qu'ils existent, bien sûr qu'il y en a. Mais combien, sur sept milliards d'individus ? Tibo me stoppe net, et précise un tantinet pompeux : « Sept milliards et demi environ. Dix, d'ici à 2050 ». Il a raison d'ergoter. Ça va arranger mes affaires.

Quel pourcentage donc ? Un pour cent, dix pour cent. Soyons fous, quinze pour cent. Non, là, j'abuse.

Ouvrons les yeux, quelle chance ai-je d'être parmi les triomphants ?

Il faudrait que cessent ma jalousie, mes blessures et mes colères d'enfant jamais apaisées. Il faudrait que je remplace mes peurs par de la tolérance, que j'oublie mes manques, assez en tout cas pour ne plus y tomber, que j'apprenne à faire la différence entre *céder* et *offrir*, que je voie l'autre dans ce qu'il a de plus laid et que je ne lui en veuille pas de m'y reconnaître. Que les vainqueurs aient le courage de me dire ce qu'il a fallu de peines et de trahisons, d'efforts et de renoncements. Qu'ils aient le courage d'avouer les raisons qui les maintiennent en place, ces prétextes mille fois rejoués qui les ont perpétués. Combien sont heureux d'avoir traversé leur histoire, combien diraient « si c'était à refaire je recommencerais ? »

Un jour, ce qui fait la rencontre magique devient banal, et personne ne veut du banal. Ce n'est pas vrai. Le cœur veut battre, il veut s'écouter frapper à la porte des plus grands sentiments. Il ne veut pas qu'on baisse le son, ou alors pas longtemps. Moi, j'ai trop entendu de musiques devenir un bruit infernal, un murmure oppressant, un refrain abrutissant.

César cette fois-ci, ironisant :

« C'est quoi, déjà, un *Motus Vivendi* ? ». C'est bien, *cow-boy*, fais le malin.

J'ai trop dit « Je t'aime » en sachant que l'amour est un voyage et qu'il ne va jamais aussi loin qu'il prétend pouvoir le faire. L'amour est un voyage et comme dans tous les voyages, ce sont les valises qui font la différence.

Qu'ai-je dans les miennes qui ne hurlent encore de terreur, qui ne se terrorisent d'imprévus, qui ne se froissent à la moindre contrainte ? Tous mes accessoires sont cassés, ont été piétinés. Il faudrait au moins avoir confiance, écrire avec des points, trouver une certitude. Je ne suis que questions, hésitations, défiances. L'autre est un étranger, ses besoins m'envahissent.

« Je est un autre » disait Rimbaud.

Il m'apparaît pourtant si semblable.

Il a eu mal, au moins une fois. Tout le monde a eu mal, au moins une fois, et juste pour cette raison, il fera mal au moins une fois. Il n'a pas été mieux que moi, ses peines l'ont meurtri, il en a encore les joues cuisantes, le cœur plein, le sang mauvais.

Tout rejaillit un jour et ce jour-là, je sais déjà que je ne serai pas d'attaque.

Pas plus que toutes les autres fois. Et ce qui est dégueulasse dans tout cela, c'est de me faire croire que j'aurais pu y arriver ou que d'autres y sont arrivés. Si tout le monde joue le jeu, personne ne le joue correctement. Y a ceux qui ne veulent pas le savoir et ceux qui le savent. Moi, je le sais. Je m'interdis d'essayer encore.

Quand on sait que l'on est un monstre, au moins on se terre si on n'est pas fichu de se supprimer.

Je ne veux plus jamais avoir besoin de personne.

C'est tout. J'ai plombé l'atmosphère.

Ils sont devenus tout blancs. Je ne vais plus oser les regarder. Que l'un d'entre eux dise quelque chose. Vite.

« T'es d'un glauque toi. Franchement, je comprends mieux ce que tu fous au quatrième. T'es pas prête de redescendre. Tu me files la nausée. »

J'ai cru que Tibo allait pleurer, Luc s'est recroquevillé, j'ai répondu à César « Bah, ouais ». Qu'est-ce que je pouvais dire d'autre ? Ils voulaient savoir ce que j'écrivais. C'est juste un passage qu'ils n'ont pas aimé.

Mon vrai problème, c'est une trop grande lucidité. Je connais mes limites, elles n'iront pas en s'arrangeant et surtout elles ne coïncident pas avec le monde. Quelle différence, déjà, entre une sombre histoire de cul et une belle histoire d'amour ? Une simple question de temps peut-être ? L'histoire de cul manquera de ces secondes d'éternité que l'histoire d'amour finira toujours par décevoir. Suffit de s'en rappeler. Si on ne veut pas que ce soit les autres qui le fassent pour nous.

« Ouais, t'as raison, raille Tibo, y a des jours où il vaudrait mieux se faire arracher une dent que d'ouvrir la bouche pour y laisser entrer n'importe quelle langue ».

C'est d'un goût !

Vraiment charmant.

En vérité, je fais partie de cette catégorie de personnes qui ne seront jamais heureuses. Trop d'écart entre le vouloir et le pouvoir. Trop de questions. Trop de souvenirs. Trop d'erreurs.

Je n'ai pas la place. Débordée.

Dans l'intimité, je suis *imbuvable*.

Trop de carences. Le cœur en disette.

Tibo enchaîne ou se déchaîne. C'est selon. Je n'ai plus de recul quand on tape là où j'ai mal.

– En fait, tu vis parce que ça te demande moins de courage que de mourir.

Je lui montrerais bien la cicatrice sous le bandage, mais elle prouverait quoi ? Qu'il a raison ?

– Disons que c'est facile d'aller vide et de faire le plein. Y a toujours des tas de gens prêts à t'emmerder.

– On a tous des vies empoisonnées…

– Et c'est bien ce qui nous tue à petit feu.

On n'osait pas vraiment se regarder. On savait tous, que quoiqu'on dise, on ne voulait pas en parler. Les deuils étaient là, en travail, dans chacun de nous. L'amour manquait. Notre chaleur commune suffisait peut-être à maintenir les braises, mais on avait tous besoin de quelqu'un pour ranimer la flamme. Tout en sachant que même si le miracle arrivait, on n'était plus équipé pour. L'âtre était froid, nous n'étions qu'un tas de cendres.

11

Kafka écrit dans sa *Lettre au père* une phrase magnifique et tragique : *Il craint que la honte ne lui survive*. C'est, je crois, le prix à payer de n'avoir pas été le fœtus abortif qui décroche de lui-même. J'étais là, sale et rouge de son sang, à brailler l'erreur commise. Ma mère avait fauté. Preuve en était : 3 kg 230 pour 49 cm. Le paquet était trop lourd. Elle l'a laissé à d'autres.

Il lui a fallu quatre ans avant qu'elle ne vienne le chercher. Qu'elle admette que je sois. Mais entre-temps… Qui a vu mes premiers pas ? Qui a entendu mes premiers mots ? Qui a bercé mes nuits et accompagné mes jours ? Qui pourrait encore témoigner qu'à cette époque, j'ai même existé ? Qui ? Combien sont-ils ?

Il fallait bien qu'il y ait quelqu'un pour que je me permette de l'attendre. Qu'en a-t-elle fait ? Au lieu d'en faire une réalité, des êtres de chair et de sang, qui pourraient me décevoir, ou que je pourrais remercier, elle en a fait un fantasme qui m'obsède encore. Et eux, se souviennent-ils de moi ?

Dans le film *Shine* aussi on retrouve l'enfance blessée. Le génie fou pétri de névroses et d'amour. Le père abusif, la mère effacée. Ses doigts qui fléchissent la touche du piano et accordent à la note, l'exacte vibration, la parfaite harmonie. *Piano pour homme seul… quelques notes et puis s'en vont.* Ce qui n'existe pas dans la vie, l'art l'enfante. Sauvé d'être un génie. Mais, moi je ne suis rien. Ou si peu. Ou à moitié. *La femme-enfant*, comme ils disent. Énergique et friable, déterminée autant que désorientée, indépendante et possessive. De taille moyenne, plutôt menue, sans artifice, je vais vaillamment. C'est en dedans que ça bouillonne. D'ailleurs si mes mots se prononçaient, ils ne colleraient pas avec ce que les autres voient. Ils choqueraient. Parfois ils m'échappent et ils font comme un attentat. Ils surprennent. Les conséquences sont tragiques, on punit la coupable. Alors *la femme* se tait et écrit. Mais c'est *l'enfant* qui se souvient. La querelle des opposés, la *raison* contre le *cœur*. Cheminement entre deux mondes. Un pied dans le passé plus souvent que dans le présent. Un instinct de gosse dans une âme vieillie. Comme un vêtement déjà usé, trop petit pour quelqu'un qui n'aurait pas fini de grandir. Il est vrai que la cohabitation est malaisée. Souvent même inappropriée. Car il n'y a pas de complémentarité possible.

C'est ou l'une ou l'autre.

12

« Une fois ma mère m'a donné une gifle sur la joue gauche car à droite, la première avait laissé une rougeur. Fallait équilibrer, qu'on ne sache pas. Mais, moi, je sais. ».

Depuis l'autre jour, j'ai pris l'habitude de leur lire des passages. Je lance nos débats et eux, ont un droit de regard sur ce qui les concerne. Tibo pense qu'à la lumière de tous « Le jour peut durer et nous faire supporter notre part d'ombre ». Ici, on est censé croire à quelque chose. Pourquoi pas au partage ? Souvent il y a beaucoup ou trop de silences. Alors je continue.

« Parait que j'avais le don de la mettre hors d'elle-même. À chaque fois, elle s'abattait sur moi. Elle dit qu'elle ne s'en rappelle pas et que j'affabule. C'est sa vérité contre la mienne. Le mensonge est un sport de haute voltige dans la famille et moi j'ai la trouille du vide. »

Tibo : « La Vérité, tu parles. C'est juste une appréciation de la réalité, à un moment donné et juste à ce moment-là. Par exemple, si tu me souris et que je suis dans un jour faste, je vais peut-être croire que tu as de l'amitié pour moi. Si, au contraire c'est un jour galère, je vais penser que tu te fous de ma gueule. Si à un autre moment, un tiers se ramène, je pourrais tout aussi bien penser que c'est à lui que s'adresse cette aménité. À lui contre moi, évidemment. Alors que la réalité, le fait tangible, c'est juste que tu as souri. Le reste, c'est une question d'humeur. » On voit qu'il a vécu Tibo. Qu'il a vécu et compris. Plus que nous, en tout cas.

César poursuit : « Tout dépend si tu es parano. Moi, la vérité, avant, je m'en foutais. Ce que les autres pensaient, je m'en foutais. Maintenant, à chaque regard que je sens, je veux savoir ce qui se dit. Et tu peux me croire, c'est toujours le pire que j'imagine.

La vérité, *ta* vérité, ou *leur* vérité à eux, les psys, c'est *blabla* et compagnie. Il y a ce que toi tu sais et comment tu le sais. Et si elle fait mal ou pas... et quand elle fait mal, vérité ou pas, tu sais juste que ça fait mal... »

César aussi il a vécu. Tout le monde a souffert, tout le monde a vécu. Y a juste ceux qui y arrivent et les autres. « J'ai lu que, dans chaque famille, il y a ce que les psys appellent le *patient désigné* plus communément appelé le *mouton noir,* ou même *le rebelle.* Celui qui justement n'arrivera pas, là où des générations ont réussi. L'intrus, le trublion, l'asocial. Celui qui touche du doigt ce qu'il ne faudrait même pas penser. »

Ce ne serait pas si grave s'il n'était pas tout seul. C'est toujours comme ça quand on est l'élu. Hein, ma *Dj Ay* ? Ce n'est pas toi qui vas me contredire, toi qui as écrit ta légende autant sur tes dons divinatoires que sur ton art de la guerre.

Qu'on nous laisse mener la nôtre.

Luc s'agite sur le banc. Comme si quelque chose voulait sortir de lui. Ces mots qu'il entend, quel effet ça lui fait ? On ne sait pas si on a raison de tout lire devant lui, en même temps on n'imagine pas lui cacher. On a l'impression qu'il entend et même qu'il comprend. Sa main vient trouver la mienne, elle est froide, elle est molle. Mais c'est sa main qui a fait le chemin. Et c'est déjà un signe.

Elle l'a fait. Je n'y crois pas, elle l'a dit. Elle a osé. Alors que je commençais à lui faire confiance.

Dans son bureau, ce matin, sans crier gare, elle a dit : « À votre avis, pourquoi croyez-vous être bisexuelle ? » J'ai pris deux minutes, qui m'ont paru dix, pour reprendre le souffle qu'elle m'avait coupé. Je me suis levée et j'ai gueulé « À votre avis ? Parce que j'aime bien me faire baiser, peut-être ? » Je me suis dirigée d'un pas ferme vers la porte et avant de la claquer, j'ai dit encore « C'est bien ce que vous vouliez entendre, non ? »

À sa tête, j'ai vu que je l'avais plombée.

Y a bien encore que les psys ou les hétéros pour te poser une pareille question. Est-ce que je lui demande moi, pourquoi elle préfère sucer une bite plutôt que titiller un clito ? Est-ce que je prétends, au nom de la science, connaître sa réponse ? Ce serait trop facile. Par conformisme, je suppose. Il est plus facile d'être dans la norme, de faire comme tout le monde. Même si tout le monde se fait chier.

Y a tellement de femmes qui s'en passeraient bien et presque autant qui ne le diront jamais. La vérité, c'est qu'il y a sûrement des tas de bonnes raisons, mais que je n'en vois aucune en particulier.

Œdipe de première classe, narcissisme aigu ou nostalgie sublimée d'une fusion primaire ? Moi, pour tout dire, je m'en fous. Ce n'est pas moi que ça traumatise, à qui ça pose problème. Qu'elle demande plutôt à ma mère pourquoi, elle, ne le supporte pas. Une tare de plus, sûrement ! Comme pour prouver l'énormité de son péché. *Tu as fauté ma fille, tu t'en repentiras.* Qui parle ainsi, Dieu ou son père ?

La voix du pardon n'a jamais raisonné. Je ne l'ai pas démenti.

Je suis sortie prendre l'air. Luc était là, ratatiné sur le banc. Le voir ainsi m'a calmée net. Je savais d'où il venait. Pour lui, tout avait commencé avec les forceps et se poursuivait avec les narcoses.

À carence d'amour, électrochoc de mort.

Je connaissais ces machins utilisés en sismothérapie, capables en une fraction de seconde de décrocher des crises d'épilepsie. Elles ne duraient pas longtemps, mais les réveils étaient sordides. L'issue : mettre à jour un esprit qui avait préféré se cacher dans l'oubli.

Des souvenirs comme ceux de Luc, je n'imagine même pas ce qu'il pouvait y avoir de victorieux à les ressusciter. Ce à quoi la psy m'avait répondu : « Les souvenirs nous rendent captifs, tant qu'on ne les a pas affrontés. »

La liberté était-elle donc à ce prix-là ?

Et si on avait envoyé Luc séjourner avec les dauphins. On dit qu'ils font des merveilles. Qu'ils ouvrent à la vie. Même pour les plus atteints. Surtout pour les plus atteints.

Luc, encore nébuleux, mais pas rancunier de ce qu'il venait de subir, m'a sorti son jeu de cartes magiques. Il en a fait un éventail et l'a pointé vers moi. J'ai choisi. Je suis tombée sur le mot *Vérité*. J'étais réconfortée.

Il avait toujours avec lui une trentaine de cartes. Côté face, le dessin d'un ange, côté pile, le message de l'ange. Un mot unique. Essentiel. Symbolique.

Comme une réponse ultime.

Il traînait son jeu comme une sorte de fétiche providentiel.

On avait fini par y croire.

Pour toutes les questions dont nous n'avions pas les réponses – ce qui faisait un paquet – pour tous les doutes sur une décision à prendre – ce qui faisait un autre paquet – on laissait parler les anges. Les adultes auraient dit trop de conneries !

C'est vrai, aussi. Tu en as toujours un pour te dire ce que tu as de mieux à faire. En partant de lui, il te conseille toujours du mieux qu'il peut. Le pire c'est qu'il est sincère. Sauf que, c'est en se prenant pour exemple. Quand t'essaies, en partant de toi, tu te rends compte que ça ne le fait pas. Mais alors pas du tout.

César nous a rejoints. Évidemment, quand y a bagarre, il rapplique. Il a voulu mettre son grain de sel. La psy et moi, tu parles, de quoi attiser ses fantasmes. Les murs ont des oreilles.

– Ça t'as fichu un coup, allez, avoue-le, t'es déçue ? Tu la croyais plus fine ? C'est vrai qu'elle est plutôt jolie, notre mère confesse…

– Et alors, ça lui donne le droit de tout questionner ? ai-je marmonné, les poings dans les poches de mon blouson à piétiner le gravier. La colère me reprenait. Partagée à de la tristesse. Elle avait eu cette imprudence. Pourquoi pas, après tout, c'était son boulot. J'aurai dû en profiter. Lui demander si elle aussi ? Si elle m'avait remarquée ? Si je lui plaisais ? J'aurai dû jouer le jeu. La provoquer. Essayer de la draguer. Au lieu de quoi, j'avais rué, totalement déstabilisée.

Et maintenant, j'avais l'air de quoi ?

César me regardait fulminer. Mes pensées transpiraient en rage sourde. À croire qu'il les entendait.

C'est peut-être mieux ainsi. Au moins elle est fixée. Maintenant, quand tu lui souriras, elle aura un doute et c'est peut-être elle qui va se sentir gênée.

Tu parles d'un réconfort. Y a pas qu'elle qui était fixée. Je me suis rapprochée de Luc qui n'avait toujours pas bougé. J'ai repris une carte. Elle disait *Courage*.

Je n'ai pas aimé. C'est long le courage.

Ça peut durer une vie.

14

Les nombrils puent.

À se ressasser de merdes et de souvenirs honteux, ils empestent de cette même cire qu'on trouve dans les oreilles de ceux qui les ont sales. Le corps sait transpirer les odeurs du mal. La merde et la pisse au cul des plus jeunes, comme des plus vieux. Les adultes, eux, sont plus perfides. Eczéma, fibrome, cancer portent le nom de souffrances estimables. Leur nombrilisme s'étale en maladies vraies, reconnues, encensées. Quant aux autres, ils se taisent. Les fous sont ceux qu'on enferme. Ils auraient trop à dire.

Tibo, lui, ne croit qu'au silence. Contre les silences, il dit que personne ne peut rien. Tu fais dire ce que tu veux au silence. Et de toutes façons, moins tu en dis, plus les autres pensent tout savoir. Ils sont rassurés, ils te foutent la paix. En même temps, s'entourer de gens qui parlent beaucoup c'est se préserver d'avoir à dire. C'est fatiguant d'avoir à raconter, faut revivre la scène, s'en souvenir, avoir mal deux fois.

Bonjour l'ivresse !

Il est malin Tibo. Son silence le protège d'avoir à faire comme nous. Parler c'est prendre un risque. Le seul qu'il prenne depuis un an s'accroche maladroitement à ses cinq doigts et lui descend directement dans le gosier.

C'est qu'il n'a pas toujours été ainsi, Tibo. Il fut un temps où il a joué le jeu, cru aux règles et remporté même quelques parties. Et un autre plus loin où il s'était buté sur une idée. Fixe. Pour continuer sans elle, il aurait fallu taire les petites lâchetés – les grandes aussi –, ne pas vouloir à tout prix forcer les silences et s'ancrer dans le crâne que toute vérité n'est pas bonne à dire. Il avait capitulé.

Il avait appris à faire des bouquets d'herbe. Il se mettait le plus souvent près des jardins. Près des mères et des enfants. Il choisissait de beaux brins verts, nouait une boucle autour d'une dizaine d'entre eux et pendant des heures souriait aux passants qui, étonnés, finissaient par lui donner un peu de monnaie. « C'est que de nos jours, même la mendicité n'est plus gratuite. Devenir clochard et ne pas en crever, ne s'improvise pas. Presque un métier. On fatigue vite à tendre la main pour trois fois rien ». Et Tibo ne voulait pas mourir fatigué. Il fallait donc sortir du lot si on voulait se faire repérer. La concurrence était rude. Le trottoir voyait naître tous les jours de nouveaux enfants.

Sa meilleure amie oscillait entre un litre et un litre et demi. La taille fine, le goulot assuré, le cul qui tient bien le bitume, elle avait, passé certaines heures et une certaine ivresse, le chant libertin et la joie facile. Suffisait ensuite de choisir sa poubelle.

« L'intérêt de choisir sa poubelle, c'est que les gens y abandonnent beaucoup de choses. De la nourriture, des journaux, du vrac trop usagé pour eux, mais jamais fini pour moi. Toutes ne sont_pas achalandées pareil. Tout dépendent beaucoup de l'endroit, de la fréquentation, si c'est plutôt commerçant, résidentiel, près d'un métro ou d'une station de bus.

Dans une autre vie, j'aurais pu faire une étude là-dessus ».

Et voilà, c'était Tibo. Il avait bien dû parler cinq minutes d'affilée puis d'un coup il s'arrêtait. Face à lui, on se sentait des gamins qui attendent la fin de l'histoire. Qui des méchants ou des gentils auraient le dessus ? Nous connaissions la réponse. Valait mieux rêver encore un peu. Il avait raison Tibo, au calme qui suit, tu fais dire ce que tu veux. Tu évites les complications. César avait fait un tour de roue pour donner du mouvement au silence. On avait tous, subitement, eu une envie de pisser.

J'ai repensé à ma dernière nuit. Une idée m'avait tenue éveillée. Une voix disait : « Y a du soleil pour tout le monde, mais pas au même endroit et jamais en même temps. Mais y a du soleil, à toi de trouver la bonne saison. » Je ne savais pas ce que ça voulait dire. Je l'avais noté, au cas où. On avait les souvenirs si tristes que le soleil pour nous n'était qu'un jour sans pluie.

Rien de plus qu'un jour sans débordement de larmes.

15

Souvent, devant les vieilles gens, j'ai pensé : « Tant que le sel d'une larme creusera son sillon, les gens auront des rides.

Ne me demandez pas comment je le sais ; c'est vrai, c'est tout. »

En vérité peu de gens savent pleurer. Il faut un cœur d'enfant et le monde est envahi d'adultes.

Pour toutes les émotions, c'est d'ailleurs pareil. Pas un sentiment qui ne soit exprimé à sa juste valeur. La surprise est feinte. Le rire est canalisé. La joie, mesurée.

La peur, réprimée. La peine, codifiée. L'envie, étouffée. Tout doit toujours être en proportion. Passé un certain âge, une certaine position sociale, le sentiment est structuré. La colère, quant à elle, est certainement le sentiment le plus mal aimé. Pas de débordements, les lois veillent. Pas de manifestations grandiloquentes, on nous regarde.

- Qu'est-ce qu'on se fait chier !

Tu l'as dit bouffie ! En fait, si on se réfère au *Parfait petit manuel psychiatrique*,– et là, César brandit un livre que j'ai déjà cru voir quelque part –le plus minime des excès te case d'office dans une des catégories répertoriées, à te dissuader d'oser ne serait-ce que roter en public…

Je l'interromps : « Où tu l'as piqué ça, l'atome ? »

C'est un surnom que je lui ai donné la seule fois où je l'ai vu en colère, prêt à exploser. Là, il semble surexcité, bondissant même.

Il déverse : « Piqué dans le bureau de la psy, hier soir. C'est très instructif… et rassurant. Enfin si on veut. Car en fait, on est tous atteints– oui oui, ma vieille ! – d'au moins quelque chose. Tous. Eux, nous, les autres. Tous. »Sa main désigne deux blouses blanches en train de s'en griller une. Il poursuit, agité : « Il suffit d'un trouble de l'humeur et hop, petit état dépressif, syndrome le plus banal de la pathologie psychiatrique courante. »

Tibo, subitement intéressé : « La sérotonine, t'en as déjà entendu parler ? Le gène de l'humeur, selon les dernières interprétations scientifiques. C'est une question de dosage ou plutôt de surdosage ».

César impatient : « Qui n'a jamais eu un dégoût de la vie, une tristesse à ce point douloureuse qu'elle ait pu s'accompagner d'idées délirantes et même d'idées de mort ? Au pire, un *remue-méninges* tellement dingue que t'en deviens schizophrène ou pourquoi pas psychopathe ».

J'intercède me sentant concernée *:* « Le chaos imaginaire d'un esprit qui cesse de se construire en fonction d'une réalité vécue trop amèrement. »

César est de plus en plus agité. Il a dû passer la nuit sur ce foutu bouquin. Autant éluder les délires paranoïaques qui permettent de faire porter à autrui le poids de ses péchés. L'auto flagellation n'a plus cours. Il tourne les pages, compulsivement, allant d'un *post-it* à l'autre. Heureusement, car il aurait pu aussi bien écrire à même les pages.

« *Et les névroses phobiques sont indiscutablement la meilleure armure face à nos angoisses, quand tous les autres re-pères ont sauté.* » Il prend un temps, rassuré de lire sur nos faces attentives qu'on le suit et de près.

« *À propos des conduites "addict" qui ne trouvent de soulagement que dans l'oubli, c'est une attitude unanimement reconnue, surtout en fin de semaine si on veut pouvoir embrayer sur la suivante.* »

Ça le fait marrer.

Tibo, lui, nous tend un verre imaginaire en faisant mine de trinquer.

« *Quant aux personnes atteintes de TOC, elles ont une imagination débridée et écrire n'est pas le moindre de leurs troubles.* » Son clin d'œil me force à sourire. De cela au moins, je peux convenir.

Il a pris une respiration et nous dévisage, heureux de ses trouvailles. Il s'est rapproché de Luc, une main affectueusement posée sur les siennes entortillées – quels terribles secrets peuvent-elles bien retenir ? – avant de rajouter, doctement : « *L'important, de toute façon, étant de rentrer dans une case, n'importe laquelle, mais au moins une. C'est quand tu débordes qu'il y a panique. Du coup, ce sont leurs propres repères à eux, qui sautent. »*

Ainsi va la normalité. Une pincée de ceci vaut mieux qu'une louche de cela. La recette parfaite étant que ce soit mangeable à toutes les étapes de la vie. C'est sûr qu'ici, on n'a pas dû doser correctement les proportions et encore moins respecter les temps de cuisson. Le torchon brûle plus souvent que le gardon ne frétille dans l'assiette ! Ce que dans la nuit même, j'ai illustré d'un texte pour le moins explicite et que mes comparses ont salué d'une salve d'applaudissements

Petit exemple d'une recette cuisinée « psychotiquement » : Colère à la française

Ingrédients :
2 ou 3 remarques perfides
4 ou 5 vexations
1 éventail de défauts
1 fond d'amertume
1 gros mot
1 pincée d'arrogance
1 pointe de dédain
1 cuillère à soupe d'aigreur
1 bonne dose de mauvaise foi
1 poignée de menaces
1 insulte bien sentie du style « sombre idiot »
1 fond de méchanceté
Ustensiles :
1 grande marmite, façon dernière guerre
1 vieille auge cabossée

1 fouet
1 moule à manquer
1 couteau mal aiguisé

Préparation :

- Dans une grande marmite en fonte noire façon dernière guerre, versez pêle-mêle deux ou trois remarques perfides, quatre ou cinq vexations, un éventail de défauts et un gros mot.
- Prenez un fouet et battez légèrement en y glissant quelques trois menaces.
- Salez d'une méchanceté finement sarcastique. Laissez reposer.
- Dans une vieille auge cabossée, préparez une sauce aigre amère en mélangeant une pincée d'arrogance, une pointe de dédain, une cuillère à soupe d'aigreur et un fond d'amertume.
- Ajoutez sournoisement le tout à votre préparation en y incorporant le mélange d'abord à feu doux.
- Battez énergiquement et faites roussir.
- Quand l'ensemble commence à rougir, pimentez d'une poignée de menaces et d'une insulte bien sentie.
- Portez à ébullition et versez le tout, sans laisser refroidir, dans un moule à manquer enduit d'un bon fond de mauvaise foi.
- Enfournez une nuit dans un four préalablement chauffé à 220°C et laissez cuire plus que nécessaire. L'odeur de roussi vous indiquera quand le torchon brûle ! Plus tard, dressez une jolie table de rancunes accumulées, les deux points sur les hanches avec, au coin de la bouche, un rictus triomphant. Agrémentez, si nécessaire, d'une touffe de sourcil froncé.

16

Abréaction : n.f. Brusque libération émotionnelle. Gestes ou paroles. Réaction d'extériorisation par laquelle un sujet se libère d'un refoulement affectif.

Paraît que c'est ce que je fais. J'écris, j'écris, j'écris. Je pleure, je pleure, je pleure. Je dors, je dors, je dors. C'est moins facile et plus long que la saignée, mais ça a l'air efficace. Bientôt il va falloir que je lise. En attendant, j'ai découvert un dictionnaire. Il m'aide à retrouver les mots qui manquent. Ceux que j'ai vu voler au-dessus de ma tête, mais qui n'y sont pas rentrés. Il s'appelle *Le Petit Robert de la langue française*. Un grand nom pour un petit homme, n'est-ce pas ?

César, lui, fait des tours de piste.

Il expérimente son carrosse comme si c'était un *trial*. Il a fini par l'avoir son « deux roues » !

Il ne tombe jamais. Évidemment, vu son périmètre, il a moins de risque.

Il donne de la voix, mais surtout pour raconter les histoires des autres.

Celle du 5e, fond de couloir, qui aurait jeté son bébé par la fenêtre ; celle du petit frisé à lunettes qui a dépecé le chien du voisin, le chat de sa mère et qui allait s'attaquer aux lapins nains, sécateur à la main ; celle du vieux qui perd la boule et qui se prend pour de Gaulle. Il y a aussi la blondasse qui sort demain et qu'on reverra d'ici une quinzaine, y'a des années que ça dure. Le trentenaire, malade chronique d'une passion qu'il n'a pas trouvée. Photographe animalier peut-être, il aurait de quoi ici.

Tout un monde sans distinction d'âge ni de classe, à qui il manque une case, à moins qu'elle ne soit trop pleine. Une case en overdose de larmes et de morves. Pleines de bleus et de mauvais sang séché. Blessures cicatrisées dans l'urgence, le vif, les chairs encore gonflées d'amertume. Une case prête à éclater, encore, une dernière fois.

Luc se distingue pourtant. Propret, silencieux. Le vacarme le contraint au mouvement, mais lentement, il nous suit et nous écoute. Son regard nous happe plus souvent. Peut-être qu'il reprend vie ?

Tibo continue de se noyer en catimini. Tout circule ici, rien ne se perd. Paraît que la souffrance aussi se recycle. La douleur est veille comme le monde, personne n'invente plus rien. C'est comme la mode, elle revient toujours. Y a des époques pour tout : après la tyrannie des guerres, celles de l'enfance maltraitée et des femmes battues. Les bourreaux se réorientent. Seul le nombre de victimes change.

Malgré tout, la vie continue. Dans cette micro société, personne ne s'engueule vraiment. Des éclats de voix, mais jamais longtemps. On est trop seul pour avoir encore envie de s'exclure totalement. Au pire, on ne se parle pas. On s'enferme, car au fond, on sait que la clé n'est jamais loin. Mais où ? *That is the question* ? On dort beaucoup.

Et on continue d'attendre.

On sait bien que ça ne peut pas durer.

17

Tibo, il a le don de voir en tout et partout.

Le faste ne l'éblouit pas, ou plus. Si elle existe, il découvrira la peinture écaillée sous le ravalement facilement acquis, le lé décollé hâtivement rafistolé, le raccord de guingois, la poussière insidieuse au chevet de chaque objet. Quant aux fêlures de l'âme, elles sont des crevasses qu'il ne peut ignorer. Il sait entendre le cœur de l'autre, démuni mais palpitant. Ce cœur versant des larmes de sang et hurlant sans un cri. Ainsi, la première fois que Luc a geint, c'est Tibo qui l'a entendu. On n'a rien fait d'autre qu'écouter, tous les deux. On était dans ma chambre à échanger quelques souvenirs, sous couvert de la nuit.

Le plancher a gémi.

On ne peut pas dire qu'ici les cloisons retiennent les secrets. Un filet d'air hoqueteux, à peine un râle. Les pleurs d'un enfant qui s'étouffe. Ratatiné au fond d'un lit, ce n'est pas facile de libérer quoi que ce soit.

Le lendemain, aussi étrangement que Luc s'était adressé à moi avec sa devinette, il semblait vouloir parler. Il a fait un dessin. Ou plutôt des dessins. Une BD, un peu gore, limite science-fiction.

Sauf que cette fois, je devais donner les réponses. Traduire, expliquer.

Dans la poussière de la cour, avec l'aide de mes mots, à traverser ses gribouillages, ses mimes, ses bégaiements, il a commencé à piétiner la terre, faisant gicler les gravillons, effaçant, recommençant autant de fois, jusqu'à la parfaite interprétation. À chaque mot sur ses symboles, il me jetait un regard fou comme si la violence de mes expressions rendait plus crues les scènes de son carnage.

« Tu es seul… l'après-midi… la maison… grande… non?... vide… des fantômes… à table… un banquet de démons ? C'est ça un banquet de démons… le placard... le tiroir… des couverts… un couteau… la langue… pas de bruit ? Tu as peur, mais tu ne fais pas de bruit, tu ne dois pas pleurer ni parler sinon on te coupe la langue... la porte… la poignée de la porte… elle bouge… elle claque… tu ne dois pas t'en approcher... le fauteuil… dans le salon… sous le fauteuil... des mains… elles t'attrapent ? Oui, c'est ça plusieurs mains qui veulent te faire tomber… une corde… un nœud… lier les pieds… tu es là... tu ne bouges pas… tu as froid… tu trembles… comme maintenant… recroquevillé… le pouce droit dans la bouche, les genoux sous le menton, la main gauche agrippée à tes mollets, tu ne vas même pas faire pipi… partout des diables, ingénieux et perfides, des rires féroces, des injonctions cinglantes… ne parle pas, ne bouge pas, tu n'es qu'un pisseux, une merde, tu ne peux rien, tu ne dois rien… ton père rentre et tes fantômes s'incarnent… « tu n'es qu'un *foutre tout*, gueulait-il… un *foutre tout*…, comme ta mère ».

J'avais gueulé, fort, de plus en plus fort. Son histoire m'avait emportée, je ne m'étais pas contrôlée. Luc était déjà tombé à terre, je l'ai rejoint. Un temps, j'avais été lui. Il m'avait possédée. Il pleurait et moi aussi. Ces hiéroglyphes se détrempaient. La vague effaçait l'empreinte. En surface seulement ! Un troupeau avait eu le temps de se former. La psy, les blouses blanches, César et Tibo bien évidemment. J'étais vidée, en sueur. Luc complètement sonné. La psy m'a souri, y avait autre chose aussi dans ses yeux. Mais je n'ai pas voulu savoir. L'un des infirmiers a soulevé Luc dans ses bras, on aurait dit un enfant, poids plume désarticulé.

Il l'a emporté. Tibo n'a rien dit et César a roulé à côté d'eux.

Si j'avais regardé l'heure à ce moment précis, je suis sûre qu'il aurait été moins vingt de quelque chose… ou même de quelqu'un.

Nous venions de vivre ce que j'appellerais un après-midi *coup-de-poing*. Le genre d'événement que tu te prends, direct dans le ventre, qui fait une boule, qui te remonte droit dans le gosier – la luette en charpie, à te dissuader de déglutir –, mais que tu ravales pourtant sans un mot. À te plomber l'atmosphère. À soutenir que t'as même de la chance. Tous, tant qu'on est, nombrilistes patentés, on n'avait pas pire à balancer.

18

Évidemment, la psy, a voulu qu'on en parle. Elle ne pouvait pas laisser passer l'incident.

Pour une fois que ça bougeait.

« Comment vous sentez-vous ? », a-t-elle minaudé, sûre qu'un truc s'était passé en moi qui allait forcément déclencher ma volubilité. J'aurais bien aimé la satisfaire. C'est vrai, elle faisait preuve de patience, à passer des heures de front avec mon mutisme.

Mais j'avais encore la scène de l'autre fois et sa question perverse au fond de l'estomac. Comme qui dirait, une aigreur. Je ne sais pas pourquoi, les larmes me sont venues ; le contrecoup certainement. J'ai laissé couler. Mon trouble servirait de réponse, ce n'est pas tous les jours qu'elle avait le privilège d'une défaillance. Elle allait devoir s'en contenter.

Elle a tenté autre chose, hésitante : « Voulez-vous me l'écrire ? Peut-être un début... »

Je me suis raidie. Et j'ai pensé : « la garce ! »

Elle voulait peut-être que je lui rejoue le sketch de Luc, version *soft* : des pleins et des déliés, moi, confortablement assise à son bureau. Eh bien, elle attendrait que les mots s'épanchent à mon rythme, comme convenu. Je n'avais pas encore mis le dernier point à ma confession et là, elle me coupait l'inspiration.

Je me suis levée avant la fin de la séance, comme je le faisais presque toujours. En refermant la porte, je l'ai entendue jeter son stylo et murmurer rageusement « Eh merde ». J'ai souri. Elle n'était pas si mal, après tout. Elle avait l'air de vraiment vouloir m'aider.

C'est toujours difficile de savoir à quel moment tu peux vraiment faire confiance à quelqu'un. Ce qu'il va vouloir en faire. Avec quelle partie il va s'en aller et te laisser seule. Parce que c'est sûr, à un moment ou un autre, il va t'abandonner.

Je me connaissais assez bien pour savoir que passé une limite, je n'en avais plus, de limites. Si je commençais à parler, je dirais tout. Et si je disais tout, je ne tolérerais aucune absence. Il faudrait que tout soit parfait, conforme. Y a rien de pire que d'attraper une main qui te lâche en plein milieu du chemin. D'un seul coup, tu oublies même pourquoi t'étais partie. S'asseoir en plein milieu de la route, seule, est réellement dangereux. Ce qui survient ne dépend plus de toi. Je l'avais appris à mes dépens. « T'es si fragile que tu suis n'importe qui. »

Je ne voulais plus suivre n'importe qui.

19

Dis-moi ce que tu fais et je te dirai si je peux t'aimer. C'est ainsi qu'on m'a appris. La raison sociale vaut plus que l'identité. Mais comment faire, quand on n'a ni l'une ni l'autre ?

Nom et prénom : Bébé fille
Profession des parents : Abandonneurs
Identité de la famille d'accueil : Gardée secrète par la mère
Pourquoi : Sentiment de culpabilité ? Peur de la concurrence ?
Signe particulier : Triste à mourir
Maladies : Déficit de la mémoire, trouble du comportement, carence affective, perte des repères, manque d'équilibre, énurésie, suce son pouce, tend les bras, aime tout le monde.
Album photo : Néant. Faute de preuves, pas de coupable, mon capitaine !
Le jour de la distribution, quand t'arrives tout frais émoulu vociférant ta piteuse présence, tu reçois un paquetage : amour, gloire et beauté... ou haine, opprobre et laideur ?
Ce n'est pas vrai qu'on naît tous égaux. Celui qui dit que le fœtus n'a pas de mémoire, je dis : « Viens voir dans nos déboires ».
Avant, pendant, après, la vie se joue de tous les instants. Les fées ne sont pas toutes bonnes, y en a même qui ont troqué leur jolie baguette contre de sales bâtons merdeux !

20

– Vous avez déjà pris l'avion ?
Personne ne répond.
Quand Tibo parle, presque aussitôt, le silence se fait. Qui sait pourquoi ? Il y a comme une espèce de fierté à ce qu'il soit parmi nous et en dehors des autres.

« Vous êtes contre le hublot, vous quittez la terre, le sol se dérobe, les contours s'amenuisent, restent les formes qui, à leur tour, disparaîtront. Surgit ensuite un relief, une sorte de surface idéale avec quantité de points lumineux. Comme un circuit imprimé. Une grille codée, organisée, savamment imbriquée. Tout a un sens, une direction, dans une connexion qui la relie à une autre. On ne le voit pas clairement, mais on le comprend. C'est la vue d'ensemble qui rend admissible cette structure. » Je souris. Imperceptiblement.

Je visualise très bien ce qu'il dit. Luc fixe ce qui pourrait bien être le décollage. César a bloqué son incessant va et vient, il hoche juste la tête.

Un miracle pour cet impatient toujours en mouvement.

« Les nuages ou le ciel vont bientôt vous englober. Vous gardez, inscrit en vous, l'impact de cette vision. L'évidence se décline en fragment de vie. Le rapport est accablant. Il y a tant de zones d'ombres. Des pans entiers sans même une lueur. Est-ce que certains fils ont subi une avarie ? Pourquoi des lumières ont-elles été éteintes ? Et ce raccord mal fini, un fil connecteur cisaillé ?... bâclé ou saboté ? »

Luc a tourné son regard sur Tibo. En fait, il ne le quitte pas des yeux. Tibo n'a rien dit d'extraordinaire. Mais ce qui se dégage de lui nous impressionne. Il est comme inspiré et tout à fait calme. Cela semble si simple. Rien n'est grave. Il est pourtant bien coincé avec nous, dans cette enclave.

« Tant que la carte mère est valide, le courant peut passer. Les essentiels sont sauvegardés. Qu'importent alors les tensions, les surcharges, les branchements sommaires, les raccords d'urgence.

Le circuit continue de s'alimenter et la carte mère de survivre.»

Ah oui ! Elle survit. Mais à l'envers. Nul besoin qu'il le précise. On a tous eu la connexion dans la tête. Il soupire, singulièrement.

« Alors, vous avez déjà pris l'avion ? »

Chacun de nous se regarde, le regarde, l'œil languide. C'est aujourd'hui que le baptême se fait, n'est-ce pas ? Un nain surgit à notre hauteur : « Oyé, les allumés, vous n'entendez pas qu'on vous appelle pour déjeuner ? »

Sûr, ce n'est pas un ange. Je le reconnais. C'est le veuf du second. L'inconsolable rescapé de soixante années d'une vie de couple sans nuages. Et heureusement, car l'unique qu'il ait eu l'a vachement refroidi. Il nous force à l'atterrissage. En silence, on fait bloc. L'apesanteur se calcule, sinon c'est le crash.

21

César : « Les poissons dans leur bocal, je les ais l'ai entendus, ce midi. Elles avaient laissé les fenêtres ouvertes. Elles bavardaient tranquillement, comme on dit.

- T'as vu la 303, elle est revenue. Je t'en foutrai des assistées pareilles. Un bon coup de pied au cul, qu'il leur faudrait. Ils sont trop couvés.
- Ouais, un pet de travers et vlan, des vacances au frais de la princesse.
- C'est trop facile aussi.
- C'est pour emmerder leur famille. Chantage affectif. De vrais gosses.
- Y font plus d'efforts. Paraît qu'elle a plein de fric. Y a qu'à demander.

- Y sont jamais contents. Est-ce qu'on se plaint ?
- Nous, on bosse, on n'a pas le temps… ».

Je regarde César.

Il s'agite sur son siège.
- Tu sais de qui elle parlait ?
- Oui, je crois que c'était de la belle brune. Celle avec son chapeau et ses lunettes de soleil. Genre petite bourge, mais bon, tu vois le style ?
- Et alors ?
- Alors, j'avais pas le choix. Je me suis planté devant elles et je leur ai demandé comment on pouvait être aussi connes.
- J'y crois pas…
- Tu peux. Elles me regardaient comme tu le fais. Exactement pareil. La gueule de travers. Prise en flag. Comme je ne voulais pas de leurs réponses, trop minables, j'ai fait demi-tour et j'ai levé un doigt. Elles ont eu de la chance, si j'avais eu mes deux jambes, c'est moi qui leur aurais mis un coup de pied au cul.
- Les vaches ! Elles sont dures quand même. Si t'as pas un minimum de respect, tu travailles pas ici. Et puis, qu'est-ce qu'elles savent exactement de nous ?

César, haussant les épaules.
- Ça, j'en sais rien. Elles voient la vie depuis leur bocal ; elles jugent le tien mais ne viendraient sûrement pas y nager une seule journée.
- Elles croient que parce qu'elles s'en sortent, nous on le doit aussi. Elles comparent leur vie à la nôtre. C'est nul !
- Tu crois que les toubibs entre eux, ils pensent pareils ?
- Je crois que sans nos galères, ils seraient bien dans la merde. À s'occuper de celle des autres, on se voit

moins patauger dans la sienne. Et puis personne n'est à l'abri. Tu as vu Tibo ?

Justement, il arrive, pour nous dire qu'il s'arrache. Permission jusqu'à ce soir. Nous, jusqu'à nouvel ordre, c'est blindé. Trop dangereux. On pourrait bousculer le quotidien du dehors. Or, faut pas bousculer le quotidien du dehors. Si on est à l'intérieur, c'est bien pour ne pas l'effrayer. La différence entre eux et nous, ce ne sont pas nos tares – tout le monde a des tares – c'est juste que nous, on ne sait pas les gérer. Et pourquoi on ne sait pas les gérer ? C'est ce qu'il nous faudrait comprendre.

Qu'est-ce qu'on a de moins ou de plus, qui fasse la différence entre eux et nous ?

Ils sont bigleux ou c'est nous qui voyons la merde là où elle n'est pas ? Sont-ils courageux de passer outre ou lâches de faire semblant ?

Est-ce que chercher la vérité est une vertu ou une mise à mort volontaire ?

Si la souffrance est différente pour chacun, est-elle moindre pour autant ?

Y a-t-il un gène qui l'encaisse mieux qu'un autre ?

Pourquoi la vie s'acharne sur une personne plutôt qu'une autre ? Et comment choisit-elle ?

Nos faiblesses font-elles de nous de précieuses proies ? Plus faciles, moins indigestes ?

Est-ce si indécent de crier au secours ?

Pourquoi faudrait-il se taire ?

Est-ce que le silence garantit des impudeurs ?

Les poissons ont-ils une conscience autre que celles des limites de leur bocal ?

Je fatigue à me poser toutes ces questions. Jamais une réponse qui ne me fasse pas mal au ventre. Je n'ai pas fait exprès d'être là. J'ai essayé, depuis toujours, je me suis battue. Des résolutions, j'en ai prises, au moins aussi souvent que des claques. Mais je ne suis pas armée. Contre les trahisons, les mensonges, les ruptures, les abandons. Je n'ai pas la carcasse qu'il faut. La douleur me rattrape fatalement.

Même quand je lui dis « Va-t'en », elle revient.

Sa victoire, c'est l'usure. Son ressac entêtant.

Quel cordon me relie encore – et à qui –, que je ne puisse couper ?

Y arrive-t-on jamais ?

Est-ce juste une question de longueur, de recul, de distance ? Trop court tu t'étouffes avec. Trop long, il traîne et tu peux te prendre les pieds dedans. Plus du tout ramène au premier cri du nourrisson. Tranché net. En orbite de vie.

Est-ce que l'on naît tous avec cette première et inépuisable question ? Il me semble qu'avec ces mots, j'ai fini d'espérer. J'ai tellement espéré.

Le seul geste dont je me souvienne : une main sur mon visage. Celle de ma mère. Parfois. Qui avait plus de tendresse que tout ce que j'ai connu jusqu'à présent.

J'ai mis un terme à cet ultime espoir. Je me suis condamnée. Je n'éprouve rien.

Il y a si longtemps que je vis seule, hors de son consentement.

Mais à quel prix ?

La solitude mesure des kilomètres. Des routes entières de désert, vides. Entre soi et l'autre. Et un jour entre soi et soi. À force de se chercher, on ne se retrouve plus.

22

À trop écrire ainsi, j'ai le cœur noduleux. Contracté. Coincé. Vaudrait peut-être mieux que je me refasse une saignée ou que j'avale ce qui traîne sur les chariots du couloir. Paraît que ma mère veut venir me voir. Paraît que j'ai le droit de dire « non ». Ce que j'ai fait. Elle est venue. Ne m'a pas vue. L'ai-je vaincue ?

Je suis tout de même tombée dans les pommes. Avant, ça m'arrivait souvent. Il suffisait que je sache que j'allais me faire engueuler et hop, chiffe molle. Ça l'énervait encore plus.

Elle, ce qu'elle voulait, c'était le combat. J'en prenais une et c'était fini. Maintenant je ne supporte même plus qu'on hausse le ton. Je crie la première, dix fois trop fort. Ça en jette et j'ai la paix.

Tout le monde me quitte.

Au lycée déjà, je me battais souvent, à la sortie. Ils venaient tous me trouver pour régler leurs comptes. Je faisais illusion, avec mon poids plume, cependant il suffisait qu'on me cherche et Hulk sortait de moi. Pas verte, mais toute rouge. Je devenais démente. *Ab irato*.

J'avais l'air robuste, mais le cœur était tout poreux.

Un soir, en vacances, j'ai fugué. Elle m'avait encore humiliée. Sous l'emprise de la colère, j'ai tourné les talons pour me planquer, mais au lieu de revenir, j'ai continué de marcher. La nuit est tombée

J'ai commencé à avoir peur. J'ai fait demi-tour et me suis cachée en attendant le matin. Les gendarmes et ses cris m'ont réveillée. On était loin du retour de l'enfant prodigue. Elle m'en a mise « une », pour se soulager. Je me suis maudite de n'avoir pas été plus courageuse. Elle n'a même pas réfléchi qu'elle faisait peut-être une erreur, puisqu'au départ, l'erreur, c'était moi. Il n'y a que dans les films que les mères pleurent en serrant leurs enfants contre leurs cœurs, qui battent à tout rompre. Moi, c'était plutôt du genre : « Si tu es revenue pour foutre la merde, tu peux repartir. »

Ce que j'ai cru bon de faire.

Définitivement.

Le temps finit toujours par convaincre qu'on a tort d'espérer. Je crois que ce qui l'a toujours effrayée, c'est la différence. Sortie de son ventre, issue du même moule et ne pas s'y reconnaître.

Faut me croire pourtant, j'ai essayé.

C'était difficile aussi. Elle préférait toujours les enfants des autres. Ils avaient le don d'avoir, en germe et puissance, exactement tout ce qui me faisait défaut. Avec quelle attention et combien d'adjectifs vantait-elle leurs mérites ? Sa gentillesse devenait débordante, son écoute attentive, son admiration grandissante. « Tu devrais faire comme untel, vois comme il travaille bien. Comme il est gentil. Et puis il parle, lui, pas comme toi, à ne jamais rien dire, à toujours te taire, à te croire supérieure… ».

Moi, qui me suis tue pour ne plus la décevoir. Pour n'avoir jamais à prononcer l'imprononçable. Les comparaisons n'ont jamais joué en ma faveur. Trop de *trop* et encore plus de *pas assez*. Une attente impossible à combler. Un puits sans fond. Des rêves pas si grands pourtant, mais définitivement pas les miens. Être une bonne enfant c'est aussi impossible qu'être une bonne mère. Il m'aurait fallu naître autrement.

Autrement et ailleurs.

23

César : « Je me souviens du jour où il m'a appris à faire les additions et les soustractions. Quelqu'un qui t'apprend cette différence-là, crois-moi, c'est comme s'il t'avait tout appris. Quel âge a-t-on, quand pour la première fois, les chiffres prennent un sens ? La valeur du nombre, ses multiples et ses divisions ? »

Je le revois dans la rue avec son bras qui s'étirait ou se rapetissait. Il avait de grands gestes amples. Il gonflait le torse pour les additions et se ratatinait pour les soustractions.

« C'est facile, disait-il, dans soustraction, il y a sous et quand c'est sous, c'est moins, donc on enlève. Tout ce qui est en dessous de toi, tu vires, basta ! C'est que ça ne vaut pas la peine. Vois grand, mon fils. Additionne, élève-toi, grandis. Je n'ai jamais oublié. Et lui non plus, j'en suis sûr ».

Ce sont ses premiers vrais mots, en tout cas les plus intimes et les derniers, certainement.

César est mort. Dans la nuit.

Tout seul. Comme un grand qu'il n'était plus, qu'il ne serait jamais.

L'autre jour pourtant, si je l'avais senti ému, il ne paraissait pas désespéré. On était seuls. L'histoire de Luc l'avait certainement ébranlé. Le vol plané de Tibo aussi. Une brèche s'était ouverte, il s'était confié. Il parlait de cet épisode comme d'un chouette souvenir, une complicité père-fils, preuve qu'un lien avait existé. Il avait enchaîné sur d'autres anecdotes, on avait même ri.

« Est-ce que je t'ai jamais raconté les raisons qui m'ont fait atterrir ici ? » Comme tout le monde, j'imagine.

Il avait dû péter un câble, un jour pas fait comme les autres. Je l'ai encouragé d'un vague mouvement de tête. Il n'attendait pas ma réponse de toute façon.

Il se marrait déjà de ce qu'il allait me raconter.

« Sur un pan de mur, dans ma chambre, j'ai fait un collage de toutes les nanas à poil que j'ai pu trouver. Des blondes, des brunes, des rousses, des grosses, des laides, des belles. Au centre, avec un marqueur noir, j'ai écrit en gros, mais alors en très gros : "À chaque jour son fantasme". Ça en jetait, je peux te le jurer. Ma mère a hurlé et mon père a trouvé que c'était trop. Le lendemain, j'étais ici. Je t'ai déjà dit que j'étais impuissant ? »

Non, il ne me l'avait pas dit. J'étais choquée de cet aveu. Lui continuait de se marrer. Je savais qu'il louvoyait. Son débit s'est encore accéléré. Ce jour-là, il racontait des histoires que j'aurais dû écouter. « C'est l'histoire d'un médecin qui reçoit un patient dans son cabinet. J'ai deux nouvelles à vous annoncer lui dit-il. Une bonne et une mauvaise. La bonne c'est qu'il vous reste 24 heures à vivre. La mauvaise, c'est que j'aurais dû vous le dire hier ».

Et moi, je n'avais rien vu venir. Triple conne d'abrutie ! C'est acteur qu'il aurait dû faire. Scénariste, acteur, réalisateur. Génie dramatique ! Et moi, serpillière avec un peu de chance et beaucoup de pitié. Devant chacun de ses pas, nettoyer le chemin de ce grand bonhomme. Dérouler le tapis rouge pour que son fauteuil glisse sans effort.

Au lieu de rire et de jouer son jeu. Parce que c'était plus facile. Pour ne pas tomber aussi.

Une nuit déjà, il nous l'avait fait à la *Forest Gump*. Enfin, plutôt son pote, le mutilé, celui qui va défier Dieu, du haut de son mât, en pleine tempête. César, lui, c'est son père qu'il haranguait du haut de son fauteuil trois étoiles. Comme un gosse en pleine crise de rage impuissante. Il avait gueulé un bon moment qu'il exigeait un deux-roues à moteur au lieu de ce 4x4 à vapeur. On ne sillonne pas le monde en gonflant les biceps et suant des aisselles. Il n'aurait pas assez de sa vie. Sur le chemin, il aurait l'air d'un con. Enfourcher un tel engin, ça en jetait moins qu'une Honda 600. Tu parles d'un héros, d'un mec. Quelle est la fille qu'il enlèverait à l'arrière de son bolide, qui lui enserrerait la taille en cognant son casque contre sa nuque ? Jusqu'où irait-il sans crever de honte et d'envie ? Deux bras, plus deux jambes, plus une tête, plus un buste. C'est quoi ? Un homme. On retranche deux membres et une bite, qu'est-ce qui reste ?

Cette soustraction-là, il n'arriverait jamais à la résoudre. À 20 ans, c'était trop tard pour faire le deuil d'une paire de jambes et d'une paire de couilles. Il avait tourné en rond dans le jardin en braillant sa misère. La nuit était claire. La lune pavoisait. Les blouses étaient arrivées. Le calme avait suivi. Médicalement.

Dans son cas, il ne pouvait pas y avoir 36 solutions. Il ne pouvait pas sauter, il ne pouvait pas se pendre. Les pilules étant affaire de gonzesse, l'arme lui avait semblé plus virile. Il ne lui a fallu qu'un tir. En plein cœur. Efficace et sans bavure. Le bruit de la détonation a secoué nos rêves. Ne sont restés que des lambeaux. Souillés. Sur l'ordinateur laissé allumé, quelques mots qu'il n'avait pas voulu effacer.

Débris de sa mémoire qu'on ne pouvait ignorer :

« À ne regarder que le bout de ses chaussures, on oublie de voir où elles mènent. Évidemment si on ne m'avait pas coupé les jambes, j'y aurais peut-être pas pensé.

Avant les femmes pensaient tout bas. Elles tricotaient. Il en résultait des moufles, des pulls, des cache-nez. En les portant, on leur faisait plaisir, elles étaient contentes, reconnues. Aujourd'hui, elles ont tout détricoté. Elles pensent tout haut. Nous, on fait la pelote puis on compte les mailles.

Celui qui écrit est-il d'abord un explorateur ou un prédateur ? Un conquérant ou un inquisiteur ? Dévoré d'ambition, armé de certitude, il n'a qu'un ennemi : la page blanche, territoire tant convoité. Vierge en tout point à sa pensée. Qui n'attend que le moment de blasphémer. Ne laisse personne y inscrire d'autres mots que les tiens. Quand on a fini d'écrire avec soi, on écrit enfin pour les autres. Ça viendra ! ».

Inutile de dire à qui il s'adressait. Chacun de nous pouvait se reconnaître !

J'allais devoir méditer. *Ainsi, quand tout a été dit, que raconter de plus, de mieux ? Madame Muse, déshabillez-vous et excitez mon imagination. Branlez-moi le bulbe et léchez-moi la moelle. La misère a toujours fait vivre. Les histoires sales et tristes aussi. Les gens s'imaginent qu'en les achetant, ils ne les vivront pas. Le bonheur, lui, ne s'écrit pas. Il se cache. Il est frileux. Quelqu'un qui éternue et c'est la contamination. Avec moi, c'est l'éternité assurée !*

On dit que, lorsqu'on meurt, l'âme s'élève. Encore faut-il des ailes et qu'elles ne soient pas plombées !

24

« Belote et rebelote », comme on dit. Suis à nouveau dans le bureau de la psy. Après un crash pareil, elle a peur pour ses ouailles. Faudrait pas qu'il me vienne des idées.

« Comment allez-vous aujourd'hui ? » demande-t-elle doucement.

Et là, avec toute la bonne volonté du monde, je me demande bien ce que je pourrais lui dire. Je suis scotchée. Est-ce que ça se dit, ça ? J'ai bien eu la nouvelle, le bruit a couru ; vu la déflagration, personne n'aurait pu l'ignorer. Et pourtant, je ne suis pas sûre d'avoir tout bien capté.

Avec Tibo et Luc, on a erré toute la matinée, impossible de se poser nulle part. Impossible non plus de lâcher une parole. Qu'est-ce qu'elle croit, que je vais rompre le barrage ?

« J'imagine ce que vous ressentez, croyez-moi, je sais qu'il était votre ami. »

Mon ami, tu parles. Mon double, une partie de moi. Ça avait collé tout de suite. Souvent, sans se parler, on savait de quoi on souffrait. Les tripes n'ont qu'un langage, les tripes. Et quand ça coince, ça coince. « Je suis là, à tout moment, ne restez pas seule avec ça. Je voulais que vous le sachiez. »

Continue ainsi et je vais chialer. Deux fois de suite, ça serait de l'abus. Un abus plaisant, mais un abus quand même. Ce n'est pas l'heure, pas encore. Qu'on me laisse décider. Au moins une fois.

J'ai refermé la porte, doucement, sur un silence. Elle ne m'a pas quittée des yeux. Tout ce que je pouvais faire, c'était sourire.

Pas parce que j'étais heureuse, ça non, mais je voulais qu'elle sache que je l'avais entendue. J'ai rejoint Luc. Il avait repris son air buté, lointain. Tout ce qui avait pu sortir de lui était de nouveau rentré. Il était reparti.

J'aurais bien aimé le rejoindre, me mettre, moi aussi, en absence. Pourquoi revenir en fait ? Pour quelle imposture ? Est-ce que le meilleur a encore sa place quand le pire a pilonné l'espace ?

Je n'entendais que mes souvenirs. César me souhaitant une bonne nuit, son demi chahut nocturne et le bruit violent de son dernier soupir.

Tibo nous a rejoints. Je me suis roulée contre lui. L'après-midi a passé, minute après minute. On suivait le va-et-vient de la clinique. *Dj Ay* n'avait plus rien à dire. Un doigt était sclérosé, les trois autres meurtris. La main perdait de sa force, elle retombait. Qu'est-ce qui, au juste, était en train de lâcher prise ?

25

Guerre des sexes, de pouvoir, d'appartenance. Rivalités d'enfants, rixes d'adolescents, perfidies d'adultes. Combien de mots, de mises en scène et de dialogues pour venir à bout de tant de vilenies. Avec pour seule arme, à chaque fois, l'amour. Le très improbable amour. Accompagné de ses fantassins, fidèles et têtus : le pardon, la compassion, la tolérance, l'oubli, l'espérance. Que sais-je encore ? L'oubli ?

La marche de quelques-uns fait avancer le troupeau. Je pensais être avec ces « quelques-uns ». Je ne suis même plus dans la foulée. Au bord du chemin, je regarde la vie passer. Un fossé nous sépare. Qui l'a creusé ?

26

Je me dis qu'il doit exister des instants où ma mère sait tout ce qui se passe dans ma tête. Des instants où, entre tous les mensonges, la vérité émerge. Loin de ses amis qui ne savent pas, loin de sa famille qui se doute, loin de moi qui l'accuse, des instants où elle peut dire : « Oui, ma fille, je sais. J'ai menti à tout le monde pour sauver ma peau, je mens encore aujourd'hui pour sauver ce qui me reste. Mais à toi je te le dis, oui c'est vrai. Tu n'es pas folle. Ta folie est mienne. C'est ma souffrance qui se déverse en toi. Ce sont mes mensonges, mes silences, mes dénis, mes abus. J'ai tout fait pour te sauver et ça m'a coûté tellement cher. Il aurait fallu que tu joues le jeu. Pourquoi me trahir ? Je ne suis pas plus capable aujourd'hui qu'hier, d'affronter mes monstres. Ne me pousse pas, je tomberais. ». C'est parce que j'imagine qu'il existe des instants comme ceux-là, que je peux continuer de l'aimer.

Juste de l'aimer. Pas de la voir.

Très tôt, j'ai su qu'elle aimait les violettes, le Pinot noir, le chocolat et Johnny Hallyday. Que pourrait-elle citer de moi qui ne lui déplaise pas ?

27

Un jour un homme est venu qui est resté assez longtemps pour que je l'appelle « papa ». Un autre jour, plus loin, il est parti. J'ai attendu. Quand il est mort, j'ai couru vers ma mère. Tout en pleurant, j'ai crié : « Il est mort. » Mon petit frère dormait sur ses jambes. D'un air de reproche, elle m'a dit « Chut ! »

J'ai su, définitivement, que je n'existais plus.

Lui parti, elle ailleurs, et moi au milieu du chemin. Comment repartir ?

Il paraît qu'il existe forcément un endroit où se terrent d'heureux souvenirs. Un compartiment mémoire avec écrit, en lettres rouges clignotantes, « Youpi ».

J'ai bien écrit : « Il paraît ! »

En même temps, j'ai lu que *C'est la douleur, et non le plaisir, qui nous permet de garder les pieds sur terre*. Alors qui croire ? Ou que croire ? Car il semble que l'amour fut au rendez-vous. Ce n'est pas ma mère qui me l'a dit, ce n'est pas moi qui m'en souviens. Ce sont des photos qui le montrent.

Qui les a prises ?

28

« Bah, c'est facile, quand on n'a pas d'enfant ! »

On est assis, avec Tibo, dans la cafétéria. Dehors, il pleut de nouveau, ce qui n'arrange pas mon humeur. C'est à lui que je m'adresse, provocante. Il m'énerve aujourd'hui. Il sait tout. Ce qui signifie que je ne sais rien. Sous prétexte de l'âge. Comme si ça faisait la différence.

- Eh bah non ! C'est pas facile justement : choisir cette vie, c'est choisir d'être seul. Définitivement seul.

- De toute façon, on l'est toujours. Fondamentalement, je veux dire. Et puis, qu'est-ce qui vaut mieux ? Être libre seul ou contraint à plusieurs ?

Je pousse, je sais que je pousse. Mais y en a marre aussi de ses silences. Il sait tout de nous. Et lui, parce qu'il fait des bouquets d'herbe et que ça m'épate – c'est vrai aussi, c'est pas commun ! – il se la joue :

« Parle mon enfant, je suis là. »

Y a pas de raison qu'il ne crache pas aussi.

- Dans ce genre de plan, tu ne peux emmener que toi. Pour éviter les reproches qui ne tardent jamais à venir. Entre le fantasme d'un projet et la réalité d'un vécu, il y a un prix à payer qu'il vaut mieux ne pas partager, sinon la dette envers l'autre est éternelle. Elle est forcément éternelle ».

Et ce ton. Genre « instit ». Le grand savoir. À demi-mot. Allusif. Remarque, il joue le jeu. C'est peut-être ce qui m'énerve. Je sais qu'il peut parler. Il a l'art de le faire.

Je suis suspendue. Je l'encourage.

- De toutes les façons, les autres trouvent toujours à redire. Il y a toujours quelqu'un pour penser quelque chose. Tu ne peux pas l'empêcher, alors autant y aller. Seule ta conscience…

Luc tente un murmure, le regard fuyant. L'effort que ça doit être. Je lui frôle le bras. Histoire de l'aider, sans l'effrayer. On tend l'oreille, surpris. Il cafouille un peu, mais il tient bon.

- Quand la porte se referme sur une famille, personne ne sait jamais ce qui se cache. Il reprend son souffle, tout pâle : Personne ne vient jamais se glisser derrière les rideaux, épier par le trou de la serrure, voir plus loin que des apparences. Toi seul connais ta famille et sais sur quoi repose leur lâcheté.

Je me souviens que la psy m'avait dit un jour : « Le déni est la pire des souffrances. Une souffrance au-delà de la souffrance elle-même. ». C'est souvent ce qui tue. Plus que la douleur elle-même. Toujours cette foutue différence entre *vérité* et *réalité*. Luc parait épuisé. Il s'affaisse. Tibo approuve. Il est abattu. Il a pâli.

Sa voix est douce et lente. Son regard nous dépasse, ses mains se nouent.

« Il aurait fallu jouer le jeu, continuer de mentir. Dire à ma fille qu'elle allait guérir. Que Papa saurait la soigner, qu'il avait le remède. Tous les traitements avaient échoué. J'étais impuissant. C'est moi qui l'ai euthanasiée, qui ai planté l'aiguille, senti son dernier souffle et lu dans ses yeux plus d'amour et de soulagement que le monde en contient. C'est moi et moi seul. Ce jour-là, à la sortie de l'église, je suis resté figé, terrassé. J'ai laissé partir les autres en promettant de les rejoindre, mais je n'ai pas pu. Je n'ai pas choisi d'être seul, je le suis devenu. J'ai survécu ainsi, entre les détritus des poubelles et l'eau des cimetières, les soupes populaires et le 115. Quelques sourires aussi et grâce au flacon à la silhouette gracieuse. Les bouquets d'herbe, c'était pour elle. La seule chose délicate dans une vie devenue grossière. »

Gros Blanc. Si ce n'est un ange, c'est son troupeau qui passe. On a baissé la tête. Évitant de renifler, on a laissé couler.

« Il aurait fallu jouer le jeu. Continuer de vieillir et attendre un âge avancé pour se retourner et enfin se poser les questions essentielles. Le corps ridé, qui ne fait plus illusion, force à la vérité. J'en ai vu qui fuyaient ce moment-là à plein régime. Alzheimer les sauvait d'avoir à vieillir en conscience. Ils n'auraient pas à se justifier. Ils seraient les victimes d'un système auquel ils avaient pourtant activement participé. Moi, je savais déjà, que je n'oublierai pas ».

C'est effrayant, ces silences, à chaque fois. Pire qu'une respiration qu'on reprend. C'est la vie qui lui échappe et qu'il rattrape. *In extremis.* Cette vie restée dans le corps de sa petite. Lui, prisonnier de son dernier regard.

« Y en a avec qui tu sais faire et d'autres pas. Être chirurgien, c'est être humble. Quand les autres n'ont le courage de rien, ils te forcent à prendre la décision, quelle qu'elle soit ! »

Tibo s'est levé. Je n'ai rien tenté pour le retenir. Tout acte aurait été superflu, voire déplacé. J'étais glacée.

Luc a levé les yeux vers moi. Lentement il a répété : « Quelle qu'elle soit… »

Lui aussi savait de quoi il parlait.

C'est, à quelques mots près, de mémoire, le premier aveu de Tibo et les quasi premiers mots de Luc.

On a inhumé César, tout à l'heure, au cimetière du Montparnasse. Tous les trois on formait sa dernière famille. Sa famille de cœur. Celle que la vie nous choisit quand l'autre ne sait plus faire face. Le soleil s'était pointé, sûrement pour sécher nos larmes. Aucun de nous n'en a versé. Pas là-bas, pas encore. On arrivait juste à rester debout. Ça mobilisait toute notre énergie. Aucun de nous trois non plus n'est allé vers ses parents. Je crois qu'on avait honte. Nous vivants, lui mort. Qui sait ce qu'ils pensaient ? La souffrance est injuste, il ne faut pas la provoquer.

29

C'est à partir de là, quand même, que la psy m'a dit voir un changement. Pas juste pour moi, mais pour les garçons aussi. On est toujours fourrés ensemble. La peur que l'un de nous s'échappe, qu'une fois encore on ne voit rien venir. Tibo fait plus attention à moi, et Luc m'a littéralement adoptée. On se surveille. Frères et sœur, les inséparables. On ne peut pas dire que c'est le bonheur, mais tout de même.

Évidemment, ça fout la trouille.

« Le risque zéro n'existe pas. On ne peut pas tout prévoir, tout empêcher. Vivre en se préservant de tout, ce n'est pas vivre, c'est se contraindre. C'est fermer la porte à des inconnus peut-être plus favorables. Les lois existent mais l'important est d'être responsable. Il ne faut pas croire que les règles des autres peuvent nous protéger. Chacun sait ce qui est bien pour lui et quelles sont ses limites. S'il doit arriver quelque chose, cela arrivera. Quelques soient les assurances prises, la vie a, de toutes les façons, un but qui nous échappe. On ne connaîtra jamais toutes les raisons d'une situation. Et ce n'est pas forcément important. Ce qui est important, c'est de savoir et pouvoir l'accepter. Vouloir trouver un coupable, dire que c'est la faute des autres, revient à ne pas être responsable de la part qui nous appartient. Le respect est un devoir bilatéral. »

Une plombe qu'elle me tient son discours. Il est peut-être vrai. Rarement vérifié. Et qu'elle ne me dise pas que les adultes, ma mère en particulier, jouent le jeu.

Elle me force à l'interrompre. J'aurais bien continué à faire semblant d'écouter, mais là, elle me chauffe.

« Alors, si l'autre ne tient pas le pari, on a le droit de rompre la relation ? »

Même pas étonnée de m'entendre prononcer mes quasi premiers mots dans son cabinet, heureuse de sa victoire – si, si je le vois à cette lumière qui vient de s'allumer au fond de ses prunelles, un truc du genre « Bingo, touchée la petite ».

Elle enchaîne, un peu trop vivement :
– C'est-à-dire ?

– C'est-à-dire : si quelqu'un vous met au monde et vous abandonne, si cette même personne fait mine de vous aimer, mais ne sait pas vous protéger, si encore elle vous ment, si elle refuse sa responsabilité et accuse toujours les autres, si…

Et là, je me lève et je m'enfuis. Je sais qu'elle vient de gagner. Je l'ai su parce que j'ai vu son visage s'adoucir. C'est insupportable cette douceur sur son visage. Ça tient de la tendresse et aussi un peu de la victoire. Il y avait dans ses yeux comme une permission qui disait « Voilà, tu y arrives, vas-y, lâches-toi, je t'écoute, je suis là ».

Parler, c'est devenir adulte. C'est prendre sa part de responsabilité. C'est assumer les choix que l'on fait sans jamais plus les reprocher aux autres. Et c'est ce que je viens de faire.

L'écrire s'avère tout de même plus facile. Je ne suis pas forcément obligée d'y arriver du premier coup.

Je sais bien que c'est reculer pour mieux sauter. Et justement je n'ai pas envie de me casser la gueule. Je n'ai pas les moyens non plus. Après, je n'aurai plus de béquille.

Est-ce qu'on peut tenir sans béquille ?

À en croire le choix de César, à écouter Tibo, à regarder Luc, quelles chances j'ai, de vraiment réussir ?

Je ne suis même pas parvenue à me trancher correctement la veine. J'ai appris trop tard qu'il aurait fallu saigner en verticale. C'est le sens qui fait la différence.

La verticalité, j'aurai dû le savoir.

C'est aussi ce qui fait d'un enfant, un homme et, mieux encore, une femme. Ici, tu apprends à écouter le temps, à te souvenir de l'essentiel, ou à feindre le sommeil quand tu n'es pas abruti par les médocs.

Tu apprends le bruit des autres et la voix de tes propres silences.

Et si tu es très fort, tu apprends qu'entre écrire et parler, il existe une passerelle qu'il te faudra un jour utiliser.

Le fait est que je ne suis pas pressée.

30

Aujourd'hui ils ont sorti la gazette de la Jeanne. Le numéro zéro. Comme en vrai !

Un fourre-tout gentillet de notre folle créativité. Mise en mots, mise en pages et mise en images de nos névroses, toutes bien coordonnées. Un numéro unique s'il en est, puisque c'est César qui a fait la maquette et que César n'est plus.

Le projet de départ, initié par les *ergomachinchoses*, était une séance de slam. Très à la mode ! Chacun disposerait d'un temps de paroles et lirait un jet de son cru. Quelques minutes tout au plus mais ô combien symboliques. Projet qui s'était vite révélé trop ambitieux. Bien au-delà de nos capacités effectives. Les répétitions n'avaient été que le *remake* de *Mission impossible*.

Entre les ânonnements de Luc, les vociférations de César, le je-m'en-foutisme de Tibo, la cacophonie des autres et ma paralysie linguale, une seconde idée avait aussitôt germé. Toute aussi foireuse, mais bien plus amusante : un atelier peinture à l'échelle de la clinique : *Le Mur des tags*. Que nous soit offert, un jour, enfin, un vrai support – en béton – et de l'espace – en mètres carrés – pour des messages qui aient la chance d'être pérennes, même après qu'on soit parti. À la taille de nos besoins :

monstrueux ! D'un débat qui aurait pu être sans fin, vu les invectives contradictoires, était né ce journal.

Certes pionnier à la clinique, mais, somme toute, très conformiste. Ce qu'on dit d'un « mieux que rien » ! Un format 21 x 29,7 cm, en papier recyclé, qui ne durerait que le temps d'une pause pipi et encore si les réacs à notre cause ne s'en servaient pas avant comme papier cul. On avait tout de même passé quelques bonnes heures à s'imaginer journalistes et *paparazzi* à la solde de patients fortunés qui souhaitaient en savoir plus sur les bruits de couloir.

Quelle infirmière était amoureuse de tel psy ? Qui arrivait à telle heure ? Et avec qui ? Qui était toujours en bisbille avec tel autre ? Pourquoi toujours les mêmes tordus à notre étage, alors que la douce *mama* des *Tournesols* aurait mieux servi à éveiller nos matins ? Quelle différence majeure entre nous et l'allumée de service qui vous réveillait en pleine nuit juste pour voir si tout allait bien ; entre Tibo et le veilleur de nuit constamment imbibé ; entre Luc et l'infirmier du quatrième dont nous n'avions encore jamais entendu le timbre de voix ? Des ragots de dernière classe, *summum* de la délation facile. Déverser sa bile sur le voisin occupait un temps précieux qui nous évitait de penser à nos propres travers. En réinventant, dans la foulée, l'organigramme de la clinique, nous retrouvions un humour qui nous avait cruellement manqué. Au sommet, une photo de la *Dj Ay* brandissant l'épée vengeresse ; sur les branches extérieures, les docteurs *es,* agrippés comme des koalas ; et sur les branches inférieures, les patients. Au centre, une photo de la *psy* s'arrachant les cheveux de notre entêtement au silence. Et, ramifications secondaires : une paire d'yeux noirs trahissant le regard alambiqué du responsable des *soins infirmiers* : « Vous avez bien pris vos médicaments ? » ; quelques grosses et pleines poitrines en guise *d'aides-soignantes* ; des taches d'encres inégales, fuyantes néanmoins nécessaires pour les *bureaucrânes ;* et enfin, en fond et en surimpression, une peinture de James Ensor *L'Intrigue* pour qui, selon Tibo, la vie est une kermesse triste.

En témoignaient ses œuvres grinçantes sur le thème des masques et de la mort. Tout à fait le style de la maison.

En somme, rien moins que la planète Terre vue de notre monde *Douce Errance*. Un pur délire. Jouissance follement intellectuelle.

Il avait fallu, évidemment, réajuster le tir. L'idée du journal au même titre que la peinture, le modelage, la bibliothèque et autres activités manuelles étant surtout destinés à évacuer nos tensions, extérioriser nos forces créatrices et parler de nous sous un mode plus positif.

Certainement pas à désagréger son prochain. Cet interlude *ergotrucmuche* nous avait tout de même révélé un magnifique secret : Luc était un ange. À nos galéjades répétées, une étincelle dans ses yeux s'était enflammée, sa bouche s'était agrandie et deux fossettes étaient apparues. Un vrai puits d'amour. Transcendantal. Éblouissant. Surprenant. Des tonnes de douceurs déversées dans une particule de temps quasi magique.

J'étais restée bouche bée.

Aussitôt, j'avais eu envie de le prendre dans mes bras, de le toucher et de l'embrasser. Il était beau à tomber par terre. J'en aurais pleuré. Même si ça n'avait duré qu'un instant. Ce fut un instant de grâce.

Dans le bureau d'à côté, le téléphone avait sonné, nous faisant sursauter. Le charme était rompu. Ses grimaces revenues. Le génie de César pour mettre en forme nos élucubrations s'étant tues aussi. Tenir entre mes mains ce journal pompeux ravivait des blessures que j'avais envie de déchirer en mille morceaux.

Trop plat, trop mou, trop *soft*, trop politiquement correct. En un mot : à gerber !

Il y avait bien eu quelques rescapées, quelques folles idées qu'on avait pu sauver. Les bouquets d'herbe de Tibo par exemple. Dessinées au crayon noir, en guise de chapeau de chaque paragraphe. Seule note de poésie – morbide, je l'accorde –, mais poésie tout de même. La grille de mots fléchés, imaginée par Luc. Plutôt litigieuse mais bon, son côté rébus je suppose. En six lettres horizontales, *empoisonnement* qui s'ordonnançait *médocs*. En huit lettres verticales, à cheval sur le « o » de médocs, *guérison* qu'il avait solutionné par *foutaise*. Et encore, en huit lettres horizontales, butant sur le « i » de *foutaise*, *repaire de fous*, pour *clinique*. Une vraie fixation ! Et ma prose, relativement chiante, j'en convenais, après coup, que je voyais imprimée en pleine page intérieure droite :

Les mots ne me laissent jamais en silence. Écrire est un dialogue perpétuel. Et si, dans l'acte même d'écrire on peut croire à un monologue, à l'instant d'être lue, le débat est ouvert. L'autre est invité à dire aussi. Au moins les deux parties ne s'interrompent-elles pas.

Les mots me soufflent des idées qui rappellent des souvenirs. On ne s'ennuie pas à inventer un discours. On s'ennuierait si on savait qu'il ne serait pas lu. On n'écrit jamais mieux que lorsqu'on sait que quelque part, quelqu'un nous déchiffrera.

L'écrivain porte mal son nom. Une facétie de langage, contre l'orgueil de posséder un tel pouvoir...

Et *blablabla* et *blablabla*.
Pardon César, je le ferai plus.
Le tout perdu au milieu d'une recette improbable, *fricassée de grenouilles aux trois endives,* d'une citation provocante :
Être ou disparaître, telle est la question ; d'un haïku bateau : *Au vent qui s'ébroue, l'herbe verte, se redresse* ; et d'un carnet de voyage fastidieux sur un pays que nous ne visiterions jamais : la Mongolie.

On parlait bien du numéro zéro, n'est-ce pas ! Du pur jus de vache, dont nous n'étions que les pis, devenus fous.

31

Luc *:* « La première fois qu'il l'a fait, c'était un mercredi. On était seuls à la maison, maman venait de partir en voyage. Il avait acheté une cassette, *La Mariée.* Il me disait, bientôt tu vas être un homme. Il y a des choses que tu dois savoir. Il voulait que j'aie pratiqué avant le grand jour, que je sois prêt. Un père se doit d'apprendre à son fils à se comporter en homme. En attendant je ferais la fille, il me montrerait. Devant, derrière, dans la bouche, debout, à quatre pattes, les yeux bandés, ainsi je serais prêt à tout. Les vidéos sont de bons points de départ. Pour chacune, il y a des spécialités : spécial fellation ; dépravation ; humiliation ; pénétration *hard* ; casting de rêve ; exploits sportifs ; 100 % hallucinant ; sodomies dévastatrices ; film culte ; cire de bougies... » C'est à ce moment que j'ai vomi. Mes ovaires ont pris feu, j'ai eu l'impression d'être moi-même déchirée. Luc m'a regardée faire. Il n'a pas réagi, il n'était plus là. Il voulait continuer de dire. Mais je n'avais pas la force, ce n'était pas à moi d'entendre. Je lui ai mis une main sur la bouche et j'ai hurlé « Arrête, arrête ça tout de suite ! » Je l'ai supplié, il ne parlait plus, il me fixait. Il avait les mêmes yeux fous que la fois où il avait dessiné dans la cour. Puis, il s'est effondré, les bras autour du ventre en position fœtal, en répétant « Pardon, pardon, pardon ! ». On aurait dit une autre voix que la sienne, une voix plus grave comme s'il mimait un autre que lui. Son père peut-être. En hurlant, j'avais alerté tout le monde. Comme la première fois, les infirmiers l'ont emmené. La psy a voulu me prendre dans ses bras, je suis restée d'un bloc, raide et sèche. Je n'étais plus là.

Le soir même, il s'est planté un ciseau dans la gorge. Encore une fois, c'est Tibo qui l'a entendu. La chute du corps. Mais trop tard.

Il était mort avant d'arriver à l'hôpital.

Par terre, qui avait dû glisser d'entre ses doigts, une lettre écrite d'une main enfantine avec des mots d'adulte, aussi désespérés qu'entachés :

La vie est une longue errance. Un endroit de la terre où chaque coup donné est avant tout un coup que tu as reçu. Une boule de gâchis qui ressemble à de la souffrance – ou inversement d'ailleurs –, faite de morceaux les pires et les plus vulnérables.

Un chemin de la nuit où tout a poussé sauvage et noir, où l'humidité ronge l'écorce des arbres d'une forêt qui ne laisse voir aucun jour.

Une absurde mascarade où tout le monde porte un masque et ne l'enlève jamais que pour faire peur, un peu plus.

Une stupide envie qui se serait mal transformée, une blessure ouverte d'où jaillirait, sans autre exutoire, toute la violence faite à l'âme, en sang sale et dérisoire.

Sans répit, avec brutalité et dans le déchirement, la vie rompt, casse, détruit, donne un peu, reprend toujours.
Il y a trop longtemps que tout est déjà foutu.
Pardon. Luc

À l'enterrement, il n'y avait que la psy, Tibo et moi. À pleurer. Ce qu'une fois encore nous n'avons pas fait. Les dents serrées et les yeux fixes, chacun regardait ailleurs. Le moindre contact nous aurait effondré. Sa mère était décédée à l'époque où tout avait commencé.

Il avait neuf ans.

Sur sa tombe encore béante et parsemée de trois pauvres roses déjà fanées, j'ai voulu lire les paroles d'une chanson qu'on entendait en boucle à la radio : *Savoir aimer,* de Florent Pagny.

Je savais qu'il aurait apprécié et, en même temps, je n'ai pas pu. Ce coup-ci, la *Dj Ay* se débinait.

Je n'avais plus de voix.

Tibo a consenti à me donner la clé de la question qui avait scellé notre amitié :« Qu'est-ce que tu connais le mieux de toi et que les autres utilisent le plus ?

–Ton prénom, bien sûr. »

C'était terrible de penser que pour Luc, utiliser avait rimé avec abuser. Il est parti sans connaître la clé de mon énigme. « Enfermé dans un cercueil, la tête en bas, je parle toutes les langues. Qui suis-je ? » C'était *Stylo*. Celui-là même qui le sauvera de l'oubli, par ses mots dans mon cahier.

À l'époque j'avais dû avoir comme une prémonition. La vie est ainsi faite. Brisée de souvenirs. Enracinée d'expériences. Expiant le passé. Un monticule de petits riens pour les uns, une pyramide infranchissable pour les autres.

Un point de vue unique sur le monde ou un appel définitif dans le vide ? Un terreau ou un bourbier ?

Il faudrait bien choisir.

La psy a voulu nous ramener. Tibo et moi avons préféré traîner un peu. C'était calme, ici. On a promis de ne pas tarder.

Dès qu'elle a repris sa voiture, Tibo m'a proposé un café. J'aurai dû me douter que le sien serait allongé.

32

La bière laisse un duvet mousseux sur ses lèvres pendant que je tourne sans faillir mon café sans sucre.

C'est dire l'hébétude dans laquelle nous nous trouvons.

Maintenant que va-t-il se passer ?

Qui des deux va lâcher l'autre ?

Chacun regarde par-dessus l'épaule de son voisin. Tibo fixe le bar, plutôt désert. Moi le miroir qui me fait face. Pas très avantageusement d'ailleurs. J'étais menue, je suis devenue maigre et lactescente. Deux grands cernes bistres ourlent mon regard. Mes cheveux sont une masse informe et je suis habillée comme un sac.

J'ai dû penser tout haut car Tibo ne tarde pas à me sourire :

- La vérité est toujours moins pire que l'image qu'on s'en fait.

- Ben tiens donc, si tu le dis ! César et Luc auraient été contents de le croire. Ils ont loupé un scoop !

Je ne sais pas pourquoi, mais Tibo, il me pousse toujours à l'agressivité. À croire qu'il s'en fout :

-Tu sais, je crois que je vais partir.

Je ne réagis même pas. Je reste coite. Si le silence ne le gêne pas, moi non plus. Je ne pleure même pas. À quoi je m'attendais de toute façon ?

-Enfin, disons, que je ne vais pas rentrer. Pendant toutes mes perm', j'ai essayé. Je sais ce que j'ai fait. C'est pas aux autres de me pardonner et moi je n'y arrive pas... ça me demande trop. Je n'y crois plus. Elle me manque tu sais, trop, beaucoup trop. J'en crèverai. J'y mettrai le temps, mais j'en crèverai. Il n'y a que lorsque je bois que tout s'apaise. Je sais, c'est moche, mais on ne s'ampute pas d'une partie de son âme sans perdre l'autre tôt ou tard.

Merci les gars, dans la famille *Je me débine* y manque plus personne. Eh *Dj Ay !* Tu y crois à ça, toi ? Sûre que si je regarde ma montre, c'est plus l'heure des anges, mais celle du diable. D'ailleurs non, ce n'est plus l'heure de personne. Ou alors, c'est la mienne. Va falloir y aller, ma vieille. Tes petits copains t'ont lâchée, ils ne parlaient peut-être pas beaucoup, mais au moins ils parlaient. Ils l'ont craché, leur venin ! Qu'est-ce que t'as à dire toi, maintenant ?

Tibo repose son demi, le second déjà, faut des forces pour débiter les conneries :« Mais toi c'est pas pareil, tu vas t'en sortir, tu es plus forte. Tu as trouvé à faire du bien avec ton mal. Tu sais écrire. César ne savait plus marcher, il n'aurait même jamais bandé. Luc vivait l'enfer et moi je suis bien trop imbibé, j'ai déjà vécu. Et puis, je crois en toi. »

C'est sûr, vu de la sorte, elle est forte la môme. Elle joue le jeu, c'est donc qu'elle est capable. « Je crois en toi », la phrase qui tue.

Et moi, je crois en qui maintenant ? Ma main qui tenait l'anse de la tasse vient de lâcher. Les cinq doigts ne sont plus solidaires. Frappés d'ataxie. J'ai l'impression que chacun d'entre eux fait ce qu'il veut. C'est l'anarchie de la phalange. Le majeur se dresse. L'index pianote de l'ongle. Le pouce se fourre dans la bouche. L'auriculaire n'en croit pas ses oreilles. C'est la débandade.

Le temps de me ressaisir, Tibo n'est plus là. Je savais qu'il finirait ainsi. Sa vocation était de boire. Écouter pousser l'herbe et nouer le rêve à des passants complaisants.

Il finirait fatalement sur un trottoir, le foie éclaté, un bouquet d'herbe rouge dans la main. Non loin d'un jardin depuis longtemps déserté.

Luc en testament m'avait laissé ses cartes magiques. J'en ai tiré une, sans raison, sans pensées. Ou trop à la fois pour choisir vraiment.

Je suis tombée sur *Espoir*. Il ne me restait plus que lui.

À l'instant de repartir et de franchir, une fois encore les portes de la clinique, il n'y avait plus que moi, mes démons, crucifiés, et la psy. J'allais devoir parler. Et pourtant si tout a été écrit, faut pas croire que j'arriverai à le dire. Il y a des choses qui ne se disent qu'une fois.

33

Chère Madame,

La prochaine fois que je viendrai, vous saurez. Vous aurez lu. Il fallait le temps, avant de dire.

Comme un sursis. Parce que les mots se sont écrits en silence, j'ai pu les désacraliser.

Ils ne m'appartiennent plus. C'est tant mieux.

J'achève enfin aujourd'hui et en quelques pages ce que j'ai commencé hier sur un ticket de métro.

Était-ce la peine d'en faire toute une histoire ?

Je ne sais pas si vous me comprendrez.

Je n'ai usé que de raccourcis, de symboles, d'anecdotes. Je n'ai pas la mémoire des détails, je n'y aurais pas survécu.

Je veux croire aussi que ce n'est pas important, enfin pas trop.

On dit que le sommeil est le refuge de l'ennui. On peut y buller à loisir, concevoir des rêves ou s'éveiller sur des cauchemars. La littérature aussi. Les histoires qu'on s'invente nous restaurent. Reste à espérer que quelqu'un les lira. Les comprendra. Est-ce de vous avoir rencontrée qui m'a permis d'y croire ? Je ne sais pas. Il fallait que le projet ait un sens. Vous avez mis le moteur en marche. Je ne promets rien pour la suite.

Le passé est un ennemi redoutable, toujours prêt à l'emploi. C'est sûr, il faut l'abattre si on ne veut pas que ce soit le contraire. À chacun sa façon de lui rentrer dedans. Ce que j'ai fait : tuer l'enfant pour que vive la femme. Faut bien grandir.

Et pourtant, je ne sais pas si j'ai bien fait.

Aurait-il fallu faire l'inverse ?

Je ne crois pas qu'on puisse jamais faire le deuil d'une mère. Et d'ailleurs, pourquoi le ferais-je ? Elle n'est pas morte, que je sache ! Pas autant que moi en tout cas. Pourtant s'il me faut admettre qu'elle m'a sacrifiée sur l'autel des sentiments personnels, il lui faudra bien admettre l'inverse. Sans gloire aucune. Ce n'est pas le pardon qui est impossible. J'ai bien compris que la souffrance est au-delà. C'est de vivre avec, sans pour autant s'en consoler.

34

Il y a toujours un jour « J », dans une vie. Une heure « H », un instant « T ». Parfois même plusieurs. Celui d'aujourd'hui dans son bureau est le énième d'une liste plutôt sordide. Je ne saurais dire si je le préfère à tous les autres. Ce dont je suis sûre, c'est qu'il sera différent. Je vais enfin savoir si j'ai eu raison de lui faire confiance.

« C'est amusant, me dit-elle. Vous écrivez un peu comme on plante un clou, avec un marteau. Des petits coups brefs et légers qui pénètrent peu à peu et, au final, un dernier coup, plus violent, qui pénètre définitivement le mur. »

Je rougis.

C'est la première fois qu'on me parle de mon écriture en bien. Enfin, c'est ce que je comprends. Enfant, à l'école ou même au lycée, malgré mes bonnes résolutions de septembre, je n'ai jamais réussi à satisfaire mes professeurs. Je ne tenais pas la longueur. J'avais les idées trop larges et les mots trop bruts. *Hors sujet, vous divaguez. Le style ne fait pas tout. Appliquez-vous.*

Elle : « C'est très imagé, volontaire aussi, et courageux. Intense pourrait-on conclure. Pourtant il y a une chose qui me chagrine, a-t-elle ajouté. Elle a laissé s'écouler un temps. Qui sont Luc, Tibo et César ? Ou du moins qui étaient-ils ?

Et cette clinique, y êtes-vous déjà allée ?

Où se trouve-t-elle ? »

Et voilà le travail. Pas perdu de temps, la garce. Je sais qu'elle me provoque. Elle a accepté mes règles, attendu que je pulvérise mes non-dits. Elle m'a souvent reçu dans un silence insupportable. Elle a respecté le *deal*.

Et maintenant elle me rentre dedans.
– Et cette enfant, euthanasiée, qui est-elle ?
C'est toujours ainsi. Un compliment cache toujours un truc dégueulasse. Elle aurait pu attendre tout de même.
– Quel âge avez-vous Lisa ? Aujourd'hui, à cet instant précis ? La femme qui est assise là, en face de moi, quel âge a-t-elle ? Qui est-elle exactement ? Et moi, savez-vous qui je suis ?

Je sens la colère monter, je vois où elle veut en venir. Elle ne me laisse aucun temps pour les réponses. Elle parle posément, mais sans silences. Avec ce petit air d'avoir compris, mais qui insinue que je vais devoir quand même m'expliquer. D'un seul coup, je revois ma mère – parfait transfert – et je bondis. Ça vient de l'intérieur. Fini les silences, fini d'avoir peur. Je me mets debout et je hurle. Je n'ai pas de raison puisqu'elle même n'élève pas la voix. Je prends appui sur une force insoupçonnée que j'ai peur de perdre. Je gueule juste pour gueuler, faire du bruit, pour ne plus l'entendre, parce qu'aucun mot ne sort vraiment. Comme une gosse affolée et bouleversée. Comme un bébé « Aaaaahhheuuuhhhhh ! »

Elle continue placidement.

« Qui es-tu Lisa ? En ce moment, qui es-tu ? Combien es-tu ? Et derrière qui te caches-tu ? S'ils sont tous morts Lisa, est-ce bien à toi que je parle ? »

Voilà qu'elle me tutoie. Elle est proche, je le sens, son ton trop lisse me frôle. Je retombe aussi vite que je me suis dressée. Un vrai pantin. Je ne hurle plus, je ne la regarde même pas. Tout va trop vite. Beaucoup trop vite. Je me doutais qu'elle comprendrait.

Est-ce que pour autant je suis prête à parler ?
Elle s'est encore adoucie.

- Il faut que tu m'aides, Lisa. Tu as fait le plus dur, mais il faut que tu m'aides. Tu es bien Lisa, n'est-ce pas ?

Je relève la tête et je la fixe.

Évidemment que je suis Lisa et elle le sait.

Je suis Lisa, j'ai quarante ans, une vie à ce point détestable que j'ai cru bon un soir de Noël, de la sacrifier. Noël est une invention pour les gens heureux avec une famille. Quand tu es seule, Noël ne sert qu'à te rappeler le contraire. Et ce soir-là, un précipice s'est ouvert auquel je n'ai pas résisté. Je me suis laissée glisser, emporter malgré moi, par une autre que moi. Ma vie a éclaté en mille morceaux, des divisions de moi dont je ne savais plus quoi faire, ni même si elles m'appartenaient.

On n'a qu'un corps, après tout. Un seul malheureux petit corps alors qu'on est souvent plusieurs à vivre dedans. Quand tout se passe bien, peu nous importe cette diversité, elle en serait même enrichissante. On a les qualités de ses défauts, et vice versa, certainement. Et pourtant, il suffit d'un schisme pour qu'ils explosent. Une rupture de plus, un abandon de trop et notre violence contre nous-même, ou contre l'autre, devient surprenante. Qui l'aurait cru, tapi et si prompt à faire de moi une meurtrière ?

– Tout va bien, Lisa. Reste concentrée. Ne t'échappe pas, d'accord. Je vais parler pour toi et tu me diras juste avec la tête, si j'ai bien compris. Le plus dur est fait, tu n'es pas obligée de parler maintenant. Tu m'entends, Lisa ? On y va ?

Je plie la nuque.

-Ces voix dans ta tête, tous ces personnages, ils t'ont sauvée n'est-ce pas ? Ils ont réussi à dire ce que tu n'arrivais pas à exprimer. Tibo pourrait-il être ton père,

Lisa ? Il ne t'a pas tuée, ni euthanasiée, pas vraiment, mais l'alcool et ses fuites ont eu raison de ton énergie de vie. Est-ce ainsi que se mesure ta fidélité ? Au couteau dans ta chair, à ce vin couleur sang... Je sens que je me ratatine. Mais elle continue. Je sais qu'elle va continuer. Elle le fait mieux que moi.

- César, à présent. Cet homme prisonnier d'une autorité abusive, incapable de partir, d'aller au-devant de cette vie aussi vaste que ses rêves, ni même d'en jouir... jusqu'à ne pouvoir enfanter ne serait-ce qu'un seul projet.

Je tremble et j'ai froid. Je sens que je vais pleurer. C'est comme si sa voix m'implorait. Elle n'a pas le droit d'être émue.

- Luc enfin, cette part en toi d'innommable, interdite, transgressée. Autant de silences nés d'une seule et même enfant. Une douleur à ce point démultipliée qu'il te fallait la faire éclater en plusieurs. Prisonnière de ta tête, de ton corps. Cette forteresse à l'image d'une clinique, lieu de toutes les névroses, dépositaire de tous les traumatismes. Que sait-elle encore que je ne puisse cacher ? Que n'a-t-elle saisi que je suis supposée expliquer ? Je m'effrite, je suis à nue, je pourrais vagir. Je ne suis plus rien qu'une masse de chair qui a perdu ses origines, qui réécoute l'histoire d'un bébé mal grandi, pas fini.

Il y a des morts qu'il faut qu'on tue : la phrase n'est pas de moi et c'est pourtant ce que tu as fait...

Courageusement.

Et voilà, le cadenas a sauté.

Je ne cesse de pleurer.

Je me vois comme un torrent boueux, nauséabond, une marée pourrie aux ressacs sanglotant. Je suis une môme qui se raccroche désespérément aux bras d'une inconnue.

Une femme que je ne connaissais pas il y a quelques semaines encore.

Une femme que je paie 80 €, la demi-heure parce qu'après m'être ratée j'ai tout de même trouvé le courage de lui téléphoner.

À l'hôpital où ce foutu soir de Noël j'ai été transportée, elle était venue me voir comme ça se passe à chaque fois. Par chance, elle était de garde.

Qui sait quelle autre psy aurait pu me tirer si loin en arrière ?

Comme j'étais à peu près sûre de ne pas arriver à recommencer à me tuer, j'ai préféré l'écouter.

« Si une seconde chance vous est offerte, a-t-elle commencé, j'aimerais que vous puissiez compter sur moi. Je vous laisse mes coordonnées. Rien ne vous force à vouloir essayer, mais, par expérience, je sais que lorsque quelqu'un échoue dans sa tentative, c'est que son inconscient sait qu'il existe un autre chemin. On doit alors pouvoir le trouver. »

Elle n'avait pas insisté, pas cherché à en savoir plus. Les trois jours que j'avais passés là-bas, elle était venue à chaque fois « En passant, pour voir si tout allait bien », comme elle disait.

Un dernier sursaut de vie avait dû s'accrocher à ces allées venues. Un dernier effort qui ne semblait pas vain. Une impulsion, jour après jour, fragments après fragments, qui paraissait raconter une histoire, reprendre racine. Et petit à petit les voix s'étaient tues. J'avais écrit. Elle avait attendu. Nous allions devoir vérifier que tout avait été bien nommé afin que les aiguilles ne tricotent plus leur lancinant refrain.

Le reste de la séance s'est passé en silence. Une séance prolongée. Un silence apaisé. Demain serait la suite d'aujourd'hui. Et après-demain. Et d'autres jours encore. Pas forcément tranquilles. Juste moins compliqués. Puisque maintenant elle savait. Il fallait seulement faire taire la peur. Celle qui règne en maître sur les silences. *Il faut savoir ce qu'est la peur. Sa paralysie atrophiante, son hypnose paralysante.* Car longtemps j'avais tremblé, muette et bleue. Je refusais de ne pas être aimée. Elle m'avait encouragée :« Il n'y a que vous pour le faire aussi bien. », avant d'ajouter : « Être heureuse, n'est-ce pas tout simplement aimer ce que l'on est en train de devenir ? »

35

Alors évidemment j'avais commencé à l'aimer.
C'était couru d'avance.
Le truisme obligatoire.
Le parfait transfert : image de la « bonne mère ».
Et quand il y a « bonne mère », il y a des chances aussi pour qu'il y ait « bon enfant ».
Une gageure ? Un pari fou ? Une utopie ?
Le nom importait moins que l'idée de réalisation. Cela semblait si facile.
La vie devenue une grosse bonbonnière. Le bonheur gratuit à portée de main. Posé juste là et marqué *Servez-vous !* Y avait plus qu'à tendre le bras, plonger dans son grand réservoir, choisir son parfum préféré, s'en délecter et recommencer.
Elle ne me parlait pas, elle m'écoutait.
Elle ne me jugeait pas, elle me comprenait.
Je n'étais plus folle, j'avais eu seulement trop mal.
Je n'avais pas menti, j'avais eu de l'imagination.

« Et croyez-moi il en faut pour revenir de là où vous étiez. Dans toutes les vies, il y a des blessures. Le fait est que vous vous êtes identifiée à ces blessures. Elles ne sont pas vous, mais vous les avez faites vôtres. Il faut apprendre à mettre de la distance. La souffrance dure un temps, il faut en trouver d'autres. »

« 1+1= 0 » : c'était la raison. L'homme est un loup pour l'homme. Alors la femme, pensez donc. Je n'existais qu'en tant que proie, il fallait que je change l'équation. Au moins, « 1+1 = 1 ». La fusion, un bon début. Ce que nous faisions. Avant de passer à « 1+1 = 2 », la différenciation. Plus difficile. J'avais quémandé : « Pas tout de suite, d'accord ? Un jour après l'autre. »

Fallait pas que ça prenne des siècles, mais quand même ! Le but étant, je le savais : 1+1 = 3.

De l'ordre du surnaturel, sans aucun doute.

J'ai joué le jeu.

Sa voix était encourageante, ses yeux remplis d'amour, son fauteuil confortable, nos retrouvailles régulières. Une liaison à ce point parfaite en devenait suspecte. Je savais qu'un jour, j'aurais mal.

Si Luc, Tibo et César me laissaient en paix pour l'instant, je savais aussi qu'à la première souffrance, l'un d'eux referait surface.

Chasser les fantômes d'un côté, ils rentreront de l'autre.

Drapés d'un nouveau linceul, leurs danses n'en seront que plus attractives.

36

Cela arriva à la dernière séance du mois de juin. Le soleil n'avait plus seulement l'éclat frisquet du printemps, il commençait à réchauffer l'air d'une tiédeur enivrante. J'allais de mieux en mieux. Aussi m'annonça-t-elle, presque avec bonheur et sans se douter :

« Ceci est notre dernière séance. Je pars pour l'été. On se retrouve à la rentrée. »

D'un seul coup, d'un seul, sans préambule et tout en vrac, il y fit froid. Je me mise à grelotter. Mes muscles se raidissant à mesure que ses paroles prenaient place en moi. Ce n'était même pas une question, ni une supposition. Ce n'était même pas une absence C'était un abandon, pur et simple.

« Tout l'été », répétais-je.

Je restais pétrifiée. Mon cerveau s'était mis en branle retrouvant au hasard d'une connexion que je croyais obsolète, la faculté d'un calcul mental disproportionné. Deux mois pleins de trente et un jours chacun, près de neuf semaines soit cinquante-neuf jours et pas moins de mille quatre cent quatre-vingt-huit heures dont les quatre-vingt-neuf mille deux cent quatre-vingts minutes me donnaient déjà le vertige.

Je m'épargnais d'avoir à comptabiliser les secondes. Le compte à rebours était un immense sablier, un désert dans lequel je m'ensablerais sûrement avant qu'elle ne revienne. Ça va aller ? a-t-elle hasardé. On va préparer ce défi pendant la dernière séance. Vous verrez que vous en êtes capable.

Elle se fout de ma gueule ou quoi ? Elle se croit au cinéma. La dernière séance ! On est dans un jeu ? C'est quoi, ce défi ? Et puis qu'est-ce que j'ai à y gagner ?

Elle a enchaîné. Sans me laisser le temps. Il fallait qu'elle colmate la brèche qu'elle avait ouverte. Une brèche est une fissure facilement corrosive. Les larmes que je refoulais en viendraient à bout en moins de temps qu'il n'en faudrait à la psy pour revenir.

- L'important c'est de ne pas croire à ce que vous projetez. L'attente, le manque, la souffrance ne prendront jamais que la place que vous voudrez bien leur donner.

- Si vous croyez que c'est moi qui choisis ! ai-je gueulé.

Je me suis levée d'un bond. Il faut de la hauteur pour paraître plus forte. J'ai avancé de deux pas, ceux qui nous séparaient, mon Opinel acheté trois francs six sous dans la main. Il ne m'avait jamais vraiment quitté. Au cas où. Je n'ai pas choisi de le planter à l'endroit où battait son nerf de la guerre. J'ai frappé sans regarder, aveuglée par mes larmes. Son chemisier blanc a aussitôt pris la couleur du désastre. Il n'épongerait pas la vie qui s'échappait. Je ne fis rien non plus pour la retenir. La seule chose dont je fus sûre, après coup, c'est qu'à l'arrivée des ambulances, quand on m'a demandé mon nom, j'ai su qu'en moi c'était l'enfant qui répondait « J'ai tué la femme ».

Il fallait en finir.

Paris, dans la nuit du 24 au 25 juillet 2005
Et à certaines autres heures indues.

Ne m'oublie pas

*Le plus souvent on s'est tenu
à la surface des choses ou des gens
avec en dedans un grand désir muet.*
Antoine Emaz

Chapitre 1

Dieu est mort. Cette nuit.
À 5 h 13 du matin exactement.
Éviction à peine soulignée par un filet de lune, pour ainsi dire dans le vide, en plein noir et sans même une étoile pour l'éclairer.
D'abord, le ciel s'est rempli d'eau. Une mer immense. Toute barbouillée. Puis il y a eu des éclairs, des lumières en cerceaux s'entortillant les unes dans les autres, en rafales, aveuglantes. Un spasme, des tiraillements et enfin un déchirement.
Alors Dieu est mort.
Le ciel n'était plus le ciel, la mer s'y déversait. Comme un violent orage. Sismique. Assourdissant. La terre s'est arrêtée de tourner, il y a eu une dernière grande respiration et toutes les logiques du monde, un instant, se sont inversées. Les dates en négatif affichaient un calendrier à rebours. Les jours, les noms, les concepts et même les continents paraissaient avoir basculé dans une confusion telle, que plus rien n'avait de sens ou alors son contraire.
Jean a tout de suite pensé : « C'est le début du chaos. » Un fou tenait l'univers à sa merci, le secouait, l'agitait. Une main ferme et puissante en étau au-dessus du globe, qui s'ingéniait à vouloir bousculer le cours des choses et lui faire perdre la boule.
Comme une révolution depuis longtemps sous-jacente, un bouleversement sans précédent.
Pourtant Jean n'a pas cillé. Il lui semblait que ça allait passer, que ce n'était pas aussi vrai que le bruit voulait bien le faire entendre. Quelque chose le protégeait un peu. Un voile ou une distance ? Une sorte d'irréalité

impénétrable. Tout de suite après, une ombre est apparue, informe et transparente. Vague silhouette féminine au sourire malicieux. Jean a tenté de la saisir, elle s'est dissoute entre ses doigts. Un rire d'enfant l'a remplacée. Un rire en cascade, cristallin et joueur qui n'en finissait pas de rebondir, et qui s'est éloigné. La forme est réapparue. Il a senti qu'elle le frôlait, l'hilarité en lointain écho.

Toute la tristesse du monde, réunie en cet instant et surgie de cet abîme cauchemardesque, s'est alors abattue sur lui. La mer l'a envahi de nouveau. Dieu était mort, c'était l'évidence : il avait l'apparence d'une femme et la voix d'un enfant.

Chapitre 2

Quand il a ouvert les yeux, Jean pleurait. Sans gémissements ni gros sanglots. Juste de petites larmes fines, mais pointues, acérées et douloureuses. Tout son corps replié en chien de fusil, les bras enserrant l'oreiller, le broyant à lui exploser les coutures.

Entre ses cuisses, son sexe durcissait. Il a senti qu'il bandait. Un trouble matutinal, mécanique et nerveux. Une érection condamnée d'avance, sans désir ni plaisir et qui n'a pas duré. Lentement il a desserré son étreinte de l'oreiller pour se masser le visage, essuyer ses joues et regarder autour de lui.

Il faisait nuit encore. Ni lune, ni étoiles, ni même un faisceau de réverbère. La chambre donnait sur une cour carrée non éclairée, qui s'éclaircissait chaque matin au lever du jour et s'assombrissait chaque soir après le coucher du soleil. La fenêtre dans l'axe de son lit était un rectangle aveugle et sourd, sans aucun reflet. Nulle veilleuse voisine ne s'y infiltrait. À part Jean à cette heure-ci, personne dans l'immeuble n'était réveillé.

Le rêve avait fondu dans le silence et le silence, lui, ne dirait rien.

Il tendit le bras pour saisir son téléphone portable et vérifier l'heure. L'horloge digitale affichait 5 h 13. Il lui sembla déjà avoir vécu cet instant. Il tenta de le situer, vainement. Le souvenir qu'il en gardait était confus et même plutôt nauséeux. D'un mouvement de tête volontaire, il le chassa.

En se réveillant, le malaise s'était dissous. Subsistaient encore quelques effluves disparates qu'il voulut déloger. Il gagna la salle de bains et se planta devant le lavabo. Il ouvrit le robinet, laissa couler l'eau et attendit qu'elle tiédît ; il était bien trop frileux pour s'appliquer la technique plus virile de l'ébrouage à l'eau froide. Aussi, quand le jet fut à température, il approcha son visage, remplit ses mains, se massa le cou, se frotta les yeux, but quelques gorgées dont il se gargarisa et qu'il recracha. Puis il se redressa.

Dans le miroir, l'espace d'un instant, il grimaça. Qui était ce vieillard nu qui lui volait son image ? Que faisait-il en sa compagnie ? Il y avait bien en lui une ressemblance, une silhouette, un air familier. Il y avait bien un souvenir, la trace d'un passé ou même d'un vécu.

Et pourtant. Comme si tout d'un coup, en une nuit, il avait vieilli, l'image de son père venait de se superposer à la sienne. Il le reconnut. Dans ses yeux, le même regard, vide et triste. Au coin de sa bouche, le même pli, las et muet.

Il replongea la tête sous le robinet et s'aspergea abondamment. Quand il la releva, dégoulinante, il sut. Et se souvint ; de la veille ; d'un de ces repas dominicaux qu'il lui arrivait d'honorer. Non qu'il ne désirât y participer plus régulièrement, mais il était si souvent absorbé par les labyrinthes de son métier. Toujours ailleurs, jamais ici. Depuis combien de temps déjà ? Des années à saisir la lumière sur des milliers de visages, pour s'apercevoir un jour de celle qui est en train de disparaître. Sur celui de son père, hier, un dimanche.

Deux ans déjà que la maladie agissait en lui subrepticement. Son regard se vidait, ses yeux devenaient liquides, presque transparents. Son père s'arrêtait de parler, tournait la tête et s'immobilisait. L'urne grise et blanche en ligne de mire, trônant sur le buffet de la salle à manger. À droite, une photo demeurée inchangée, sous son cadre de verre lustré. À gauche, une bougie à demi-consumée et un ruban noué en une boucle parfaite.

De plus en plus souvent, des fantômes embrumaient l'esprit de son père. Il pouvait alors avoir de brusques accès de colère ou plonger dans une profonde léthargie. Le repas de la veille ne l'avait pas épargné, même si sa mère avait cru bon de rassurer Jean. Elle lui avait murmuré à l'oreille, en le frôlant de l'épaule pour poser un plat fumant au milieu de la table :

- Sa mémoire s'est absentée. Ne t'inquiète pas.

Et effectivement, sans transition, deux minutes plus tard, l'assiette garnie et le visage tout ragaillardi, son père avait repris la conversation là où elle s'était interrompue :

- Alors mon fils, et la photo ? *Clic, clac Kodak* ? *Zoom toujours* ?

Une très vieille réplique pour réaffirmer la complicité et le lien ténu. Sa mère avait souri à Jean, posé une main sur celle de son mari. Un ange était passé. Jean s'était essuyé la bouche d'un mouvement brusque, la serviette de table stoppant net le tremblement de ses lèvres, l'émotion aussi vite ravalée.

Puis il avait tenté d'expliquer que le Kodak s'était fait doubler par le numérique et que le *clic* était devenu aujourd'hui celui d'une souris.

Ce que son père avait fini par juger plutôt marrant.

L'eau coule toujours au robinet.

Dans la glace, Jean ne voit plus que lui-même, effrayé, ahuri. Il se plie à nouveau et passe la nuque en dessous du jet brûlant pour cette fois se frictionner jusqu'à la racine des cheveux. Quand il se redresse, la serviette mouillée, roulée en boule autour du cou et qu'il agrippe d'une main ferme aux extrémités à la manière d'un boxeur avant d'entrer sur le ring, Jean sent qu'il ne se rendormira pas.

Dans la chambre c'est toujours la nuit. Sur le portable, l'écran digital affiche le jour – lundi 9 décembre– et l'heure –5 h 32–. La désignation du temps est pointilleuse de nos jours. Autrefois on aurait dit 5 heures et demie ou 5 heures 30 passées. Jean en saisit la nuance, puis l'oublie. Où une remarque comme celle-ci pourrait-elle le conduire ?

À tâtons, il pousse le variateur de l'halogène en position trois, éclairage idéal pour une lumière diffuse et souple. Puis, dos au mur, il s'assied au milieu du lit et regarde. Cette pièce est un grand foutoir. Trop vaste pour n'être qu'une chambre, elle sert aussi de bureau et de lieu d'archivage. Il y a là, entassés en piles, en vrac et dans tous les coins, des années de photos non triées, de papiers non classés, de livres empilés ; des habits propres roulés en boule et d'autres sales négligemment pliés ; une valise toujours ouverte et jamais complètement vide, des planches contact éparpillées, et même des rouleaux de films abandonnés, non développés, demeurés inviolés.

Punaisés sur tout un mur, face au lit, des clichés d'un peu partout dans le monde. Des lieux méconnaissables et sans légende qu'il est le seul à pouvoir identifier. Des paysages arides, beaucoup de cailloux. Des pierres, des rochers, des chemins, des lisières, des sentiers désertés. De la poussière, des ombres, du feu, des friches. Des portraits de femmes aussi. Des visages cachés, les mains tendues, doigts écartés. Comme pour se protéger de la lumière, se cacher du flash, ou se masquer le regard. Autant de corps étrangers, presque pas d'hommes, et aucun enfant.

Tout un amalgame de noir et blanc, sans couleur et terriblement désincarné. La somme d'une vie condamnée : instantanés, éclairs, secondes arrêtées.

Jean laisse errer son regard. Plus aucun de ces clichés qu'il connaît par cœur ne retient son attention. Lui aussi est déjà parti ailleurs, au-delà, de l'autre côté. Comme son père, il s'est absenté.

Clic, clac Kodak, papa... zoom, zoom fiston !

Jean sait ce qui lui arrive. Des insomnies, il en a déjà eues, il connaît le remède. Tout sauf la cogite et le ressassement. Un bon bouquin ou un petit plaisir, mais la *Madame Nostalgie* de Moustaki c'est sans lui. Trop déprimant.

Jean est un intuitif. Selon lui, tout a un sens et rien n'est dû au hasard. Si les événements s'enchaînent et se déchaînent, il faut savoir les accepter sans chercher à les comprendre.

Il se glisse dans les draps et respire un bon coup. À côté du lit s'élève, en une pyramide aléatoire et à l'équilibre précaire : une pile de livres tous entamés selon ses humeurs et tous inachevés selon sa fatigue. Au gré des voyages, des heures d'attente entre deux vols, du climat, de la tendance, des livres sans lien aucun les uns avec les autres, si ce n'est la volonté d'un homme de croire qu'un livre est toujours un message sur le chemin et qu'il faut accepter celui qui nous barre la route. Mémoire d'école qu'il a prise à son compte et quelque peu triturée en plagiant sans vergogne l'idée maîtresse de Kafka : « Un livre doit être la hache qui brise la mer gelée en nous. Si un livre ne nous réveille pas d'un coup de poing sur la tête, à quoi bon le lire ? ».

Fidélité, de surcroît abusive, qui l'a amené à accumuler des piles aussi colossales qu'éclectiques.

Allongé sur le ventre, la tête et le cou en partie dévissés, Jean parcourt sur la tranche des couvertures les titres de ses récentes acquisitions.

Fritz Zorn et son cri martien.

Un texte impossible à digérer, une lecture brisée à la 125e page.

Il se revoit encore, la tête piquée par d'insidieuses aiguilles, reposer le livre et se dire, non sans ironie « Pause, mon gars, pause, stop et éjecte… tu cours à la migraine… ce gars-là va te mettre à terre… ».

Juste en dessous, Jack London, une réédition de sa brève autobiographie à la couverture vert fluo. Jean se détend et respire : « Ah bah voilà, ça, ça a du corps ! Deux ailes et du souffle…, on n'est pas des bêtes tout de même ! Un peu de miel dans cette ruche de fous.»

Il sourit et lit encore : John Irving, Alice Ferney, Paul Coelho… Keith Ablow…

Il est presque heureux.

Les mots des autres, sauf exception, l'ont toujours apaisé. Des mots et des pensées qu'il rattache à ses voyages et à ses photos. Autant de phrases lues à chacun de ses déplacements pour autant d'images prises trop souvent dans le silence et sans légende.

Il s'attarde sur Keith Ablow… Celui qu'il aime nommer « Le petit génie du polar contemporain ». Cette part d'ombre que chacun porte en soi et contre laquelle ses héros n'offrent aucune résistance. Jean prend plaisir à souffrir avec eux de leur manque d'humanité, tout en se flattant de ne pas y succomber « Ni meilleur ni pire…, mais au fond, qu'est-ce qui fait la bascule ?

Faut-il être lâche ou courageux ? »

Jean ne connaît pas la réponse.

Il en aurait plutôt peur. Il vit sa vie entre ses deux rives, affleurant à peine l'une ou l'autre. Caché derrière son objectif, il sait qu'il oscille. Courageux d'être toujours le premier là où personne ne va et lâche de n'être que le témoin passif, spectateur intrusif.

Son esprit flotte quelques instants dans ce malentendu. Ses yeux continuent de parcourir la pile de livres, il voit au travers, il s'égare.

Puis de nouveau, un titre le happe, l'extrait de sa confusion, le sauve.

Comme piégée dans ce méli-mélo, une lumière vacillante, mais tenace : *C'est égal*, les nouvelles d'Agota Kristoff. Sobres, percutantes, déroutantes et englouties en un vol Paris-Nice, il s'en souvient.

Au retour, la femme assise à ses côtés les avait lues aussi et ils s'étaient régalés à deviser ensemble sur les phrases qu'ils avaient préférées :

La seule chose qui puisse faire peur, qui puisse faire mal, c'est la vie, et tu la connais déjà… Inachevée restait la syllabe, sans signification, accrochée entre la fenêtre et le vase de fleurs.

Jean se souvient avec bonheur de ces minutes à lire dans les nuages. Il ne savait rien de cette femme, et elle était partie sans même connaître son prénom et pourtant, ils avaient tout partagé. Ils avaient échangé des mots et des bouts de phrases en sachant qu'ils s'offraient plus que cela, comme si chacun dévoilait une part intime, un bout de vérité, un secret à perpétuer.

Il prolonge le souvenir, se frotte le menton, méditatif. C'est bien qu'il n'ait jamais eu le courage d'élever une bibliothèque, de mettre ces ouvrages hors de portée, en hauteur.

Il aime les voir entassés là, accessibles, prêts à l'assaut.

Il aime imaginer que toutes ces histoires parlent entre elles, se racontent, comme sa mosaïque de photos sur le mur dessine une épopée. Réunir en si peu d'espace autant de vies le rassure. Il se sent moins seul.

Il sait qu'il va maintenant pouvoir se rendormir. Il choisit pour l'accompagner *l'Enfant Zigzag* de David Grossman. Un monde onirique pétri d'humanité et de tendresse. Du baume au cœur dans sa nuit cauchemardesque.

Et en effet, quelques 45 minutes plus tard, la lumière du jour vient doucement lui titiller les cils et lui soulever les paupières. Il a dormi, d'une traite et sans rêve, le livre de Grossman posé à plat sur le torse.

Dans sa main droite, une photo. Il la tient serrée. Entre le pouce et l'index, un portrait qu'il examine en clignant des yeux et en tendant le bras aussi loin que possible. Au premier jugé, un visage de femme impavide et grave, mais plutôt jeune. Et beau. À y regarder de plus près, un regard triste, légèrement voilé. Mais un regard que Jean sait franc, sans détour. Et un sourire qui, ce jour-là, s'était réfugié dans une pupille claire, d'un bleu tendre et doux, qu'une lumière était venue cueillir dans un instant de grâce.

Jean ne sait pas bien démêler ses émotions avec les mots. Il cadre d'instinct, zoome, déclenche, et recommence.

Il prélève des instants, il capte des émois, puis il développe et donne à voir. Il sait que la vérité est peut-être là, dans l'instant ; il la cherche, il la sent, l'isole et la met en boîte. Après, les choses lui échappent. Il ne veut rien expliquer. Juste montrer.

Ce visage oublié servait de marque-page. Il l'a retrouvé cette nuit, à la page 40, coincé entre ces mots :

Les péripéties que nous avons conçues à ton attention peuvent survenir d'un instant à l'autre. À condition que tu joues le jeu. Je veux dire que si jamais tu te dégonfles, tu n'auras qu'à rester bien assis, bien sagement à ta place durant quatre longues heures assommantes, jusqu'à Haïfa, et une fois arrivé, monter immédiatement dans le train pour Jérusalem, et tu ne sauras jamais ce que tu as raté. Mais si tu es un jeune Hébreu au cœur d'airain, alors lève-toi, Nono Cœur de Lion, et marche vaillamment à la rencontre de ton destin !

Chapitre 3

Foutue nuit ! Il en a encore des relents, la mine toute chiffonnée, l'esprit confus et le corps raide.

En sortant de la douche, pour laquelle il a doublé le temps de pause, bras ballants sous la pluie d'eau brûlante, Jean se plante face à la glace. Il regarde et se voit, tel qu'il est, aujourd'hui. La quarantaine passée, mais pas trop. Le corps athlétique, ferme, lisse, la peau mate. Les yeux clairs, le cheveu épais, le visage fin. Et cette malice au bord des lèvres, cet air narquois qui séduit les femmes et crispe les hommes.

« Bon d'accord, ce matin c'est pas ça, t'as plutôt l'air d'avoir avalé un mort, mais secoue-toi mon gars, c'est juste un mauvais rêve… t'as vu tes yeux, allume la lumière, vas-y, gonfle le torse, bande tes muscles, joue des pectoraux, mets tes doigts dans la prise, t'as le cheveu tout plat, compte tes rides, tu vois, tu peux encore et sans calculette, fais tourner la manivelle, tire sur le sourire, accroche-le aux oreilles… t'es pas encore vieux, juste fatigué, va falloir te secouer… Ohé, là-dedans ! Y'a quelqu'un ? C'est lundi, tout est possible ! Espèce d'innocent, va ! ».

Et dire qu'à sept minutes près, c'eût été son nom de baptême. Saint Innocent, quand il y pense, il se dit que tout de même, non ses parents n'auraient pas osé. Il avait dû le pressentir. Il était né la veille, *in extremis*, un peu avant minuit, le jour de la Saint-Jean. Raison tout à fait raisonnable et de surcroît logique pour eux de le prénommer ainsi.

Un peu plus tard, un *jean* et une chemise enfilés sans y penser –il s'habille quotidiennement ainsi, par commodité et par style aussi –, Jean s'assoit derrière son ordinateur. Un rapide coup d'œil à ses *mails* avant de partir. Rituel immuable, le second après la douche. Le troisième étant le café du matin au bar du coin.

Il semblerait qu'il ait douze messages non lus. Douze, moins les spams et les « on verra plus tard », trois seulement retiennent son attention. Deux de son vieux copain Franck, parce qu'il le sait en Chine et que ces derniers jours la terre a bougé là-bas, et un de Mathilde.

Oups… ! Peut-être que là, il faudrait inverser le rituel. Déjà descendre boire un café, prendre en diagonale les nouvelles du jour, respirer un ou deux gaz d'échappement, et seulement ensuite ouvrir la boîte de Pandore. Trouillard va !

Lâche à demi, il opte pour Franck. Les nouvelles de Chengdu et les conséquences du récent séisme ne sont pas des plus joyeuses.

Bonjour tout le monde, tant pis pour ceux qui le savent déjà, je vais rassurer ceux qui n'ont pas encore eu de mes nouvelles. Tout va bien.

Il est 4 h 19, je suis chez un pote, non parce que c'est plus sûr que chez moi, mais après la secousse d'hier après-midi je ne pouvais pas envisager de rester seul.

Nous étions, mes collègues et moi, au 23ᵉ étage d'une des grandes tours de Chengdu quand, vers 14 h 30, le sol s'est mis à trembler plutôt fort. On a eu peur, mais j'ai tout de suite pensé que c'était temporaire et puis presque deux minutes plus tard, ça s'est calmé. C'est long deux minutes où vous avez l'impression de tanguer littéralement. On a fini par sortir, en se tapant les 23 étages à pied– tout le monde sain et sauf –, dans une rue noire de monde.

J'avais fait un sac, prêt à partir s'il le fallait. Je ne savais pas où, d'ailleurs. Je ne compte pas remonter travailler aujourd'hui, et je ne pense pas que l'on pourra. Presque rien n'est fissuré de ce que j'ai vu dans le quartier, c'est assez étrange. On a peu d'infos sinon par Internet, comme vous. Les portables marchent par période et encore seulement les SMS ou quelquefois les téléphones sur Chengdu ou Pékin.

Je vous tiens au courant.

15 h 02 – ça semble se calmer

.../...

Après une nuit bien moins agitée que la précédente, la vie semble reprendre son cours à Chengdu. Les gens vont même bosser. Des avions sont passés toute la nuit au-dessus de nos têtes pour lâcher des tentes et autres couvertures aux populations encore bloquées. Certaines tours sont encore condamnées, d'autres accessibles alors qu'aucune inspection n'a été faite. Heureusement il fait beau et les torrents de pluie de cette nuit ont cessé.

Comme vous le savez tous certainement, les conséquences du tremblement de terre apparaissent maintenant et l'une d'entre elles est le manque d'eau. Ce n'est pas sûr à 100 %, mais il paraîtrait que l'on ne trouve plus d'eau dans les magasins depuis ce matin.

Je ne sais pas ce qui existe près de chez vous – associations, plan d'aide, regroupement ? –, mais je vous invite à aller au-delà de vos idées politiques ou autres, et à apporter de l'aide aux populations locales du Sichuan.

Je fais appel à votre intelligence du cœur. Merci à vous tous,

Franck.

Ces messages le laissent pensif. Jean ne sait pas trop quoi penser. À 20 ans, il a lu Alexandra David Neel, découvert le Tibet, le Dalaï-lama, le bouddhisme et l'oppression chinoise. Son choix n'a pas été difficile à faire. Et pourtant les catastrophes naturelles, Jean l'a vérifié toutes ces années, donnent à l'homme un sentiment d'impuissance terrifiant. Le dénuement qu'elles engendrent peut en clin d'œil l'absoudre de tous ses péchés. La Terre en se rebellant lui rappelle de façon violente, mais concrète qu'elle n'appartient à personne, et que l'être humain ne sera jamais le plus fort.

Le témoignage de Franck ce matin est brut de décoffrage, mais sincère. Destiné à une poignée de gens étrangers au consortium journalistique, son langage use de mots du quotidien, à vif, sans recul. Jean sait qu'il faudrait qu'il réponde, qu'il soit aussi du nombre de ceux qui l'encouragent et le soutiennent.

Il faudrait qu'il ait quelque chose à dire, mais son attention est en alerte, tendue vers le mail de Mathilde, qui s'affiche en rouge, attendant d'être ouvert. Qu'il craint de lire. Son séisme à lui. Son réel, son quotidien, sa tourmente. Et comme, au fond, il est bien plus curieux que lâche, il se décide à l'ouvrir. Sait-on jamais ?

Mon Jean,
Je suis rentrée cette nuit.
J'aimerais te voir, que l'on parle.
Est-ce que tu as réfléchi ?
Tu m'as manqué.
J'ai toujours envie de toi.
Mathilde.

Du Mathilde tout craché. Brève, concise, directe, qui va droit à l'essentiel et suggère tout le reste. Qui lui fait monter la tension en trois lignes bien senties, qui évoquent sa voix, son sourire, ses hanches. « J'ai toujours envie de toi ». Et lui alors ? A l'instant même, dans quel état l'a-t-elle mis ? L'absence de ces derniers jours monte brutalement en lui. Un désir violent, impulsif.

Ton odeur, Mathilde, ta peau, ta bouche. Mon Dieu, ce que tu m'as manqué ! Mais cette question, Mathilde, « As-tu réfléchi ? », peut-être, aurais-tu pu l'éviter ? Que veux-tu que je te réponde ? Non Mathilde, pas une seconde. Depuis que tu es partie, il y a dix jours, j'ai préféré oublier. J'ai fait le vide. Je suis parti, j'ai pris des photos, encore, et je n'ai pas trouvé les réponses. Je t'ai échappé ou je me suis échappé, je ne sais pas, Mathilde. Je n'ai pas voulu réfléchir. Je suis un lâche, tu le sais trop. Je n'aime pas les questions. D'habitude, c'est moi qui les pose. Et toi, tu en as trop.

Jean relit le mail de Mathilde, le répète à haute voix, sait qu'il ne l'oubliera pas. Puis sans y répondre, d'un geste rapide, il éteint le Mac, enfile un blouson, un vieux perfecto élimé qui n'a plus d'âge et jette un dernier coup d'œil machinal sur le lit défait. Le portrait d'une femme triste et sans espoir dépasse de dessous la couette. Il hésite, se penche, le ramasse et le glisse dans sa poche.

Maintenant, il a vraiment besoin d'un café.

Chapitre 4

Un café, noir, brûlant, est déjà servi au comptoir, quand Jean arrive. Des lustres que le patron du bar le connaît et qu'il le voit descendre la rue tous les matins. Le rituel est infaillible, familier et sécurisant. Et ce matin, plus que tout autre, Jean est heureux que celui-ci fonctionne. Ses premières heures, pour un lundi, ont été riches en émotions. Il salue la fleuriste, le visage enfoui sous une gerbe de roses blanches.

Son magasin *À la main verte* se situe en face du bar, et des seaux sont déposés sur le trottoir chaque matin. Une multitude de couleurs et de variétés, mais guère de parfums. Des fleurs trop vite poussées, coupées, réfrigérées, livrées, fanées, lui a-t-elle avoué un jour, un peu désespérée : « Personne ne prend plus le temps de rien aujourd'hui ! Ça va trop vite et moi je me fatigue. »

Jean aime bien qu'elle grogne, mais qu'elle continue quand même. Il ne voudrait pas que ses fleurs disparaissent de son paysage. Il y a déjà, à cette heure-ci, trop de voitures qui lui polluent l'atmosphère.

Il pénètre dans le bar, lance un bonjour à la cantonade, serre la main du patron. Le gars du *Bio* est déjà là, *Le Parisien* bien en main. Jean demande :

- Alors… et cette *relève des infos* ? Où en est-on ?

Imperturbable et routinier, le gars du *Bio* répond :

- Idem, mon pote, le monde continue de tourner… et toujours personne pour s'apercevoir qu'il s'y est pris à l'envers…

Un vieil anarchiste, le gérant du magasin d'alimentation bio ! Un soixante-huitard qui a trop traîné ses guêtres en Inde et qui n'en est jamais vraiment revenu. Un mec gentil, au demeurant, avec qui Jean est tombé d'accord sur un sujet au moins : la lecture en diagonale des journaux du matin, surnommée « la relève des infos ». *Le Parisien* dans une main, *Libé* dans l'autre.

Le patron de toute façon n'achète que ces deux-là et Jean s'en contente très bien.

- Tout juste utile pour se faire une idée du monde où l'on vit. *Grosso modo*. Parce que pour les détails, mieux vaut le parcourir, le monde, et prendre des photos, hein l'artiste ! Ce n'est pas vous qui allez me contredire.

Jean acquiesce. Y'a un bail qu'il a son opinion là-dessus.

Ça ne ment pas une photo et ça parle vite ! C'est bref, concret. Évidemment, ça n'explique pas tout et ça ne met pas de parenthèses. C'est un peu cru. Ça ne pardonne pas. Un accident de la route, un portrait noir et blanc de pédophile, un corps inanimé, une maison dévastée, un trombinoscope de politiciens carnassiers, un arbre déraciné, une baleine échouée, un meurtrier menotté : à partir d'une image toutes les autres s'invitent. Le film se met en route. Chacun de toute façon ne retiendra que l'essentiel : la mort, la violence, l'abus, l'injustice, la fatalité.

La première fois, il y a presque quatre ans, après six cafés à s'inviter mutuellement et plus d'une heure à dialoguer, ils sont tombés d'accord : tous les matins, en quelques pages, à l'encre noire, même pas sèche, le panel des bourreaux contemporains se reproduit à quelques milliers d'exemplaires. Plus besoin de se cacher derrière un prédateur des guerres anciennes, chaque minute de chaque jour révèle une part sombre de l'humanité. Sans leader, sans porte-drapeau. Dans le village le plus reculé, derrière le masque poli du gentil voisin qu'on pensait si bon. Une photo choisie et un titre pointu suffisent, alors.

Seules les circonstances dites « atténuantes » changent au fil du temps, des modes et des digressions psy. Alors une diagonale c'est déjà beaucoup d'attention, pour autant d'aberrations. Ce matin-là, le rituel se devrait d'être immuable. La diagonale devrait protéger Jean. La misère sur papier froissé, au chaud, devant un comptoir, semble à peine réelle. La nuit a été longue, son cauchemar épique, les mails de Franck agaçants, celui de Mathilde troublant et la photo entêtante.

Il lit dans *Le Parisien* qu'on a retrouvé le corps d'un SDF, mort de froid dans la nuit. Le premier de cet hiver. Il en faut un chaque année. Au moins pour relancer la polémique. Et si celui-ci, pour une fois, avait un nom. Un nom connu. En tout cas de lui.

Derrière ce sourire inachevé qu'il a cherché, mais qu'elle a toujours voilé. Sur chaque cliché, il se souvient. Un sourire tenu serré qu'il a cru pouvoir appréhender et qu'il a abandonné. Un visage de femme beau et jeune encore. Un regard brut et sans espoir.

La photo glissée dans une poche de blouson qu'il extrait nerveusement et qu'il dévisage pour la quatrième fois ce matin.

Chapitre 5

Quand il ressort du métro, vingt-cinq minutes plus tard, place d'Italie, le soleil est là, lumineux et vif. C'est un jour d'hiver comme il les aime. Sec, froid et clair. Pas un fil blanc dans le ciel. Aucune ombre sur l'asphalte. Aucune poussière d'ange. On peut voir loin et haut, le chemin est dégagé.

Il descend le boulevard Auguste Blanqui, s'arrête devant l'école Estienne. Un bâtiment tout en briques avec corniches et bandeau en pierre, couvert d'ardoises. Plus d'un siècle d'existence et quelques illustres personnages dans ses murs : Cabu, Doisneau, Siné, et même Edouard Boubat. Un sacré reporter-photographe, selon Jean.

Ses photos, un quotidien dépouillé, mais plein de grâce et de poésie, l'ont toujours fasciné. En focalisant sur des moments *a priori* insignifiants de la vie, Boubat arrive toujours à en exalter la racine du bonheur.

Ce que Jean, en 20 ans de photos, n'a même pas feint d'essayer. Il dépasse l'église Sainte-Rosalie, laisse à droite la rue Corvisart, les mains au fond de ses poches, le col du perfecto relevé, le regard tourné vers la gauche, juste en dessous du métro aérien.

À 8 h 30 du matin traînent encore quelques lycéens volubiles qui s'échangent des copies, fument une dernière cigarette, le casque à la main, une fesse sur le scooter, un

IPod autour du cou. Des femmes au pas rapide, pressées de rejoindre la chaleur du prochain immeuble de bureaux. Et un vieux, en robe de chambre et chaussons, qui promène son chien. Un magnifique basset blanc, remarque aussitôt Jean. Le crâne arrondi, le museau épais, les yeux enfoncés, les oreilles longues, la queue légèrement recourbée et le poil court. Un pure race très certainement, à qui on a noué un carré noir autour du cou, sûrement pour faire plus chic, mais un pure race tout de même.

Pas très loin, un costume-cravate bleu marine déjà pendu à son oreillette fait les cent pas, dans un espace délimité par lui-même, une sorte de carré fictif, dans lequel il passe et repasse, toujours dans le même sens, à l'inverse des aiguilles d'une montre.

Et pour clore le tout, pense Jean, amusé, à hauteur de la rue Gondinet, un *Motocrotte* en route pour des kilomètres de trottoirs. *Paris ville propre*, un défi chaque jour renouvelé.

Devant le journal *Le Monde*, juste avant la rue Vulpian, Jean stoppe net sa marche.

Sous le pont du métro se trouve le camping d'une poignée de sans-abri. Des matelas, une vieille chaise en paille bringuebalante, un caddie rempli à ras bord, tout un fatras de mille et un petits riens puant la crasse, le vin et la misère. Pile en ligne droite, des grandes baies vitrées du *Monde*. Face à lui. Face à son hall immense et vide qui abritait il y a dix ans encore les locaux d'*Air France*.

Les nomades urbains, exposés en face, y ont-ils pensé ? Est-ce une provocation ?

Un appel à la charité ?

Ce matin, Jean a rendez-vous avec la Directrice artistique du Service photo, au cinquième étage. Un projet qui traîne depuis des semaines et qui remonte à trois ans déjà.

En 2005, un séisme avait dévasté les montagnes du Cachemire, faisant des ravages considérables. Plus de 76 000 morts, 69 000 blessés et plusieurs millions de personnes sinistrées. Jean avait été l'un des premiers photographes sur les lieux. Le spécialiste, depuis des années, c'était lui. Personne n'entrait plus dans la course. Il avait mitraillé la désolation, la peur, la douleur aux quatre coins du monde. Et alors que chaque flash aurait pu être une insulte, toute la profession savait qu'il rendait hommage. Aux victimes, aux destins, aux lois de la nature.

Le rendez-vous de ce matin, même s'il n'y croit guère, doit montrer la pertinence de faire un état des lieux, trois ans après. Pertinence liée à un prochain numéro spécial du *Monde 2*, concernant les cataclysmes des cinq dernières années et pour lequel Jean compte bien placer d'autres photos. Avant d'entrer dans le hall, Jean hésite. Sûr qu'il est en avance, sûr qu'ils seront en retard. Il regarde l'heure pour se rassurer, 8 h 40.

C'est largement jouable.

Il opère un demi-tour et traverse la rue, *direction toute*, le bivouac sauvage. Il s'approche du groupe : trois hommes assis en rond et un quatrième dont on devine la forme sur le matelas, emmitouflé dans un sac de couchage qui a l'air d'avoir vu du pays et même plusieurs. Il les regarde, incertain, coi, un peu gauche. Il n'a rien préparé alors évidemment les mots l'abandonnent.

Il ne sait pas bien comment s'y prendre. Les autres le dévisagent, s'arrêtent de parler. Puis l'un d'eux, le plus jeune, des piercings dans le nez, l'oreille, au sourcil et un tatouage dans le cou – une sorte de reptile immense, noir et rouge –, l'interpelle :

- T'as perdu quelque chose, le motard ?

Jean reste silencieux. Sa rectitude est incongrue. Il est là, figé, déçu. Et mal à l'aise. Intrus. Ils l'ont pris pour un motard, le perfecto sûrement. C'est mieux ainsi. Son appareil photo jette souvent un froid, mais ce matin Jean est parti sans.

-Puisque t'es là, *Le Muet*, t'aurais pas quelques euros en trop pour notre soucoupe ? lance un second, tignasse endiablée, barbe énorme, en tendant un doigt noir jusque sous les ongles vers une assiette qui a dû être blanche, en porcelaine, ronde et très certainement délicate. Une relique d'un temps passé où trône une unique pièce de vingt centimes.

Jean fouille sa poche de pantalon, en tire quelques pièces et un billet de cinq euros. Il réfléchit à peine, il a déjà été assez ballot comme ça, et dépose le tout dans l'assiette. Les trois compères le saluent d'un long sifflet enjoué. Jean est déjà reparti. Il retraverse la rue, s'engouffre dans *Le Monde* et s'interroge « Mon Dieu, mais qu'est-ce que j'ai, depuis ce matin ? »

Il se décide pour un second café à la cafétéria du 8e. De toute façon il est en avance. Il croise quelques comparses, des gens de la profession, de vagues connaissances, de jeunes enragés pour qui la place à faire est plus dure que pour lui, à son époque.

La vocation est née tôt, chez Jean, et il se rappelle précisément le jour où il a voulu devenir photographe. C'était en dernière année de lycée. Il venait d'acquérir, avec le concours plus que généreux de l'oncle Émile, son premier Leica. Un M4P auquel il a rajouté un objectif Noctilux doté d'une lentille 70 fois supérieure à une lentille Leica classique. Une vraie folie qui lui a coûté toute sa fortune, d'autant plus que trois ans plus tard, la marque allemande sortait le M6, son premier boîtier avec cellule et que Jean n'a pas su attendre.

« Ça ne fait rien », lui a dit l'oncle Émile, « pour faire des miracles, il ne faut reculer devant aucun sacrifice et des miracles, mon petit, avec ce matériel, tu vas pouvoir en photographier. Car c'est aussi le secret de cette famille. Connais-tu son histoire ? Sais-tu, au moins, qui était Ernst Leitz II, fils du premier ? »

Et devant le silence résigné de Jean, qui pressentait déjà la demi-heure qui allait suivre, l'oncle Émile s'est indigné gentiment : « Mais bon Dieu, qu'est-ce que t'apprends toute la journée?... à mettre des bigoudis au phoque ou à peigner la girafe ? »

Il a enchaîné : « Ernst Leitz II, Monsieur le futur photographe, n'était rien de moins que l'héritier de Leica, dont tu tiens l'un des bijoux entre tes grosses pattes d'amateur. Fils émérite qui sauva la vie à plusieurs dizaines de Juifs pendant la Seconde Guerre mondiale ».

Et l'oncle Émile a entrepris de lui raconter l'épopée, volubile et heureux, comme toujours, de faire entrer dans la tête de son neveu quelque chose d'inédit : « Les origines de la marque allemande remontent à 1849 quand un jeune mathématicien, Carl Kellner, fonde un institut d'optique pour développer et commercialiser des lentilles et des microscopes. En 1865, le mathématicien Ernst Leitz devient l'un des associés de l'entreprise. Entreprise qu'il rachète peu de temps après et à laquelle il donne son nom. Un sacré bonhomme si l'on en croit sa descendance, enraciné dans de fortes convictions protestantes et que son fils, Ernst Leitz II, reprendra à son compte. Recruté en 1906 par son père, il met un point d'honneur à apprendre par cœur les prénoms de tous les salariés. Sur la porte de son bureau, il fait même inscrire "Entre sans frapper".

Avant la guerre, et ce dès 1933, année de l'arrivée de Hitler au pouvoir, il se présente comme candidat aux élections dans les rangs de l'ex-parti libéral de gauche, DDP, fondé naguère par l'industriel juif Walter Rathenau. Il critique même violemment les nazis qu'il compare sans hésiter à des "singes bruns".

Puis, pour échapper aux rigueurs des "châtiments" que le régime hitlérien a décrétés à l'encontre des Juifs, Ernst Leitz II met au point un scénario des plus courageux. Il embauchait un jeune juif qui bénéficiait d'une formation plus ou moins longue dans l'usine familiale de Wetzlar, au nord de Francfort. Sous un prétexte professionnel, l'apprenti recevait ensuite un billet pour New York, la France, la Grande-Bretagne ou Hong-Kong. Un billet payé par le patron, avec des lettres d'introduction rédigées par ses adjoints et un visa obtenu par l'entreprise. Sans oublier, bien sûr, l'indispensable appareil photo. »

Jean à cet instant, l'a interrompu, heureux de faire savoir qu'il l'écoutait et que cela appelait des connaissances qu'il pouvait partager :

- Un peu comme Oskar Schindler, tu sais… *La liste*.

L'oncle Émile s'en est félicité intérieurement et a continué.

- Un peu, comme tu dis. Rien de comparable numériquement, diront certains, avec l'exploit de Schindler qui sauva de la mort 2 100 Juifs Polonais et pourtant, les risques pris par Ernst Leitz II étaient du même ordre. Et de plus, comme beaucoup de Justes, il n'a jamais parlé de ce qu'il avait fait. Ni ses enfants ni personne de sa famille n'était au courant. Cet épisode humanitaire a été mis à jour des années plus tard par Frank Dabba Smith, un rabbin d'origine américaine et qui vit à Londres. Alors tu vois, a conclu l'oncle Émile, des miracles, avec cet appareil, tu te dois d'en faire ! Il y a des précédents.

Plus tard, Jean a appris que Robert Capa et Henri Cartier-Bresson, eux-mêmes, étaient des figures emblématiques de la marque. Il lui est resté fidèle.

Mais à l'époque, encore lycéen et pas tout à fait majeur, Jean avait surtout usé de son art pour flasher tous azimuts, les filles de préférence. Il voulait être photographe de mode ou de charme. Au choix, ça n'était pas encore sérieux. Ça tenait surtout au sourire d'Élodie, aux yeux d'Élodie, à la silhouette d'Élodie et à la grâce d'Élodie. À son amour pour Élodie. Quand il y pense ! Elle avait pris une telle place. C'était une autre époque, pour ainsi dire une autre vie.

Les images surgissent, un peu plus floues, moins précises. Il passe une main sur son visage, se ressaisit. Qu'est-ce qu'il a depuis ce matin ? Il regarde autour de lui. Cafétéria du *Monde,* 8e étage. Ça va bientôt être le rush, l'effervescence. Des petits groupes passent devant lui en le dévisageant. Il faudrait peut-être qu'il atterrisse.

Il est à peu près sûr que ses rêveries ne passent pas inaperçues. Tellement, il a l'impression qu'elles lui collent à la peau, s'en arrachent, tournoient autour de lui et se mettent en scène devant lui. Presque malgré lui.

Et pourtant, de nouveau seul, il replonge.

Ça turbine sec depuis ce matin dans ta caboche… « Eh bien laisse filer », lui aurait dit l'oncle Émile, « Tu ne peux quand même pas tout contrôler… ».

Il se souvient très bien de son premier sujet. Celui qu'il nomme son premier « vrai reportage ». En plein milieu d'année scolaire, un gars était arrivé. Qui n'en était pas un. Plus vraiment en tout cas.

Un transsexuel.

Ça avait jeté un froid dans son petit lycée de banlieue chic. S'afficher comme ça de but en blanc, transsexuel, dans les années 80, elle en avait la fille !

Michel avait voulu muer en Michelle, deux ailes en plus à son prénom, une paire de couilles en moins et des kilomètres de courage dans les tripes. Jean a tout de suite été fasciné.

La curiosité a pris le pas sur le jugement et l'*a priori*. Il a voulu le rencontrer, en savoir plus, comprendre. L'appareil photo a servi d'intermédiaire, est devenu un moyen sérieux d'appréhender l'autre, de le découvrir, de le faire parler.

Les photos que Jean a faites sont suggestives. Elles ne montrent pas ce que tout le monde cherche à voir : le travail des hormones, les influences sur la pilosité, les seins qui poussent. Ce que cherchait Jean, ce n'était pas la technique de la transformation, mais la souffrance qui suintait d'elle. Pendant qu'Élodie jouait les intervieweuses, Jean mitraillait le geste, la pose, la grimace et même la joie. À chaque petite victoire sur son corps, Michel(le) retrouvait un visage lisse et confiant. Jean avait remarqué que la douleur accentuait ses traits masculins et que le bonheur au contraire faisait éclore des mimiques plus féminines, des gestes plus amples, un regard plus doux, un langage plus lent. Quelque chose s'apaisait en Michel quand Michelle pouvait se vanter d'une réussite, d'un nouvel achat ou d'un compliment qu'une fille lui avait fait. À mesure que Michelle transcendait Michel, le féminin venait aussi naturellement que s'il avait toujours été là. Jean afficha les photos par deux, en contraste, Élodie écrivant les légendes. Et grâce à eux, l'intrus qui avait fait irruption en plein milieu d'année était vite devenu la coqueluche du lycée.

Mais pas de la ville !

Le maire n'appréciait pas qu'on parlât trop du « phénomène ». Il demanda au proviseur de Jean que cesse ce « déballage ». La polémique dura quelques semaines et un matin, Michel(le) vint trouver Jean pour lui annoncer qu'il partait : « De toute façon, pour avancer, je vais devoir faire du chemin... La transformation est en route... Je continue ailleurs... »

C'était un adieu bizarre et émouvant, plein de pudeur. Ils se sont remerciés mutuellement. Ils savaient leur rencontre féconde et leur estime réciproque. Ils cherchaient tous deux comment se quitter. Une poignée de main virile, une tape dans le dos empreinte de camaraderie, une accolade un peu gauche, les corps séparés, quatre bises bruyantes et joyeuses ? Rien de tel.

Pour finir, un silence les a tenus engourdis l'un en face de l'autre. Puis Élodie les a rejoints et elle a fait le lien. Elle les attrapés chacun par un bras, balançant sa tête d'un côté de leur épaule puis de l'autre. Ils ont marché jusqu'à la grille du lycée. Alors Michel(le) s'est détaché(e) doucement, a franchi le portail seul, et sans se retourner a agité une main en signe d'adieu.

Cette année-là, Jean a trouvé sa vocation. Ce laborieux portrait a été le premier d'une longue série à travers le monde. Il s'était senti investi, porteur d'un message : « L'autre, sa différence, son étrangeté. » Et il a enchaîné les voyages, dépassé les frontières, changé de priorité, trouvé d'autres sources, focalisé d'autres cibles :

1983. Le Niger. Sa rencontre avec les jeunes nomades Wodaabe, le visage peint, la silhouette gracieuse, savamment décorée.

Berlin 1989. La chute du Mur. 165 kilomètres de rideau de fer descendus à coup de pioches, aidés par des milliers d'Européens. Derrière chaque pierre, un visage, une émotion et pour Jean, quelques centaines de photos, prises dans une frénésie générale, qui a marqué ses débuts dans la profession.

1991. Les Philippines. Le volcan Pinatubo réveillé après 600 ans d'engourdissement. 86 000 hectares dévastés par les pluies de cendres. Certains villages enfouis sous une couche de 200 mètres d'épaisseur. Et partout la peur, les visages « tragédiés ».

1992. La Floride. Le cyclone Andrew. Considéré longtemps comme la catastrophe naturelle la plus dispendieuse de l'histoire avant que Katrina à La Nouvelle-Orléans ne batte tous les records.

1994, 95, 96… Jusqu'à aujourd'hui. Bagdad, Jérusalem, les Talibans, l'Ouganda…Les vieux, les malades, les mères porteuses, les homosexuelles, les criminels de guerre…

Comment respecter les différences, les rendre visibles, petit à petit, photo après photo ? Aucun sujet n'a été tabou. Aucun visage n'a été retouché. Aucun chemin n'a été écarté.

Il n'est plus resté en place. Mon Dieu, ce qu'il a voyagé !

Jean s'interrompt dans ses pensées.

Qu'est-ce qu'il lui prend d'interpeller Dieu comme ça, à tout bout de champ ? Qu'est-ce qu'il a depuis ce matin ? Il traîne son insomnie comme une chape de plomb qui ternit toutes ses pensées. Il n'est pas encore

9 h et il a l'impression d'avoir déjà vécu mille ans en un jour. Il regarde l'heure, secoue la tête, se dessine un sourire et se dirige vers l'ascenseur. Point de chute, le cinquième.

L'ambiance est survoltée, l'*open-space* saturé. Les bureaux surchargés sont encombrés de photos et des piles de journaux montés en tour de Pise dressent des obstacles sur le chemin. Pas un mètre carré sans papier glacé, sans sonnerie de téléphone, sans silhouettes affairées. De loin, Jean voit la DA en pleine conversation avec un jeune gars. Jean s'approche, elle le reconnaît, lui fait signe d'attendre. Elle pousse vers lui des papiers, décroche simultanément son téléphone.

Il comprend qu'il doit lire.

En attendant.

Le 26 décembre 2004, à 7 h 58 (heure locale), l'institut géologique américain (USGS) détecte dans l'océan Indien un séisme d'une magnitude exceptionnelle, 9 sur l'échelle de Richter. Son épicentre se situe au large de l'île de Sumatra, plus exactement à 250 km au sud/sud-est de la ville de Banda Aceh, à une profondeur de 10 km. L'hypocentre du séisme – ou foyer — se situe quant à lui plus en profondeur, à 30 km exactement, au niveau d'une région très sensible : une zone de friction entre les plaques tectoniques indo-australienne et eurasienne. La libération d'énergie qui a eu lieu le 26 décembre dépasse pratiquement tout ce qui a été observé jusqu'alors : elle équivaut en effet à l'explosion de 30 000 bombes atomiques similaires à celle d'Hiroshima ! La zone du séisme s'est ainsi soulevée brusquement d'une vingtaine de mètres, déplaçant à son tour la colonne d'eau située à sa verticale. Une série de vagues s'est alors formée à la surface : des vagues déferlant entre 500 à 800 km/h, d'une très grande longueur d'onde, mais peu élevées.

Pour de nombreux bateaux naviguant en pleine mer, le phénomène est ainsi passé inaperçu. C'est seulement en se rapprochant des côtes que le raz-de-marée ou tsunami s'est formé : en raison de la faible profondeur des fonds côtiers, la hauteur des vagues a augmenté subitement, atteignant jusqu'à 15 mètres dans certaines régions.

Jean déchiffre les autres pages. Des kilomètres de mots, puis des mètres carrés de photos. Il se demande jusqu'où l'amalgame des deux est possible. Sans overdose et sans misérabilisme.

Suit une liste des raz-de-marée de grande importance depuis l'antiquité jusqu'à aujourd'hui. Un récapitulatif vertigineux ! Surtout pour ce dernier siècle.

Le projet semble bien avancé. De quoi réveiller les consciences ou les peurs et donner du grain à moudre aux écologistes.

Chapitre 6

Quand il ressort du journal *Le Monde* une heure plus tard, le quatuor n'est plus là.

Restent le matelas, le sac de couchage grand ouvert, auréolé de taches ; la chaise qui, à bien y regarder, n'est plus de paille, mais de ficelle grossièrement tissée ; le caddie vomissant une odeur assassine et têtue ; et quelques mètres plus loin, le Monsieur *Motocrotte* en zigzag autour du périmètre carré de cette débâcle urbaine.

Jean traverse le campement en apnée, remarque une chaussure de femme, le vernis noir usé, mais le talon miraculeusement conservé. Une espèce de châle lacéré qui a dû être jaune tire à présent sur le marron et flotte au vent chaud de la grille d'aération.

Il se souvient que la première fois qu'il l'a vue, c'était là.

Il passait un matin, il y a un mois à peine. Il grelottait de froid, ce mois de novembre traversé de pluies quasi quotidiennes.

Elle était couchée sur le dos, les jambes écartées et repliées, talons aux fesses. Elle portait une robe en laine bleue, remontée à la taille. Et surtout elle n'avait pas de culotte. Son sexe était à la vue de tous et seuls ses poils pubiens rendaient invisibles les parties charnues qu'il n'avait pas de mal à imaginer. Il est resté en état d'hypnose une bonne minute.

Elle était à moitié découverte, offerte au monde et au *Monde*, dormant comme une souche. Il aurait voulu aller la couvrir, la réveiller, lui parler, mais il est resté à la regarder, immobile et glacé avant qu'un de ses congénères ne s'ébroue en ronchonnant et qu'il ne se décide finalement à rentrer au 80 du boulevard Auguste Blanqui.

Quand il en est ressorti, elle n'était plus là, alors il l'a cherchée.

Le soleil aujourd'hui est insolent. La lumière tombe crue sur la parcelle désolée. L'employé sur sa moto verte roule à grand bruit vers la parcelle et vers Jean. Alors Jean attend. Peut-être que lui saura quelque chose. Où migre la bande à cette heure du jour ? Où sont ses occupants ? Dans quel autre cimetière ? Vers quel avenir ?

« Oh c'est facile, au moins pour l'un d'entre eux. Vous le trouverez au café des Alouettes. C'est là que je prends mon premier café de la journée et lui sa première pinte. C'est à deux pas d'ici, rue de la Glacière. Vous le reconnaîtrez. Il a un tatouage tout le long du cou, une salamandre qui lui court jusque dans le dos. Il n'est pas méchant. Mais c'est mieux si vous y allez maintenant, parce qu'après midi il a l'alcool bagarreur et c'est comme si sa bête le démangeait.

Pour les autres, à cette heure-ci, vous les trouverez autour du métro. Ils profitent de l'heure de pointe pour vendre leur discours contre quelques pièces, une clope ou un ticket restaurant. Et sinon le soir, derrière le Monoprix de la rue Daviel. Ils attendent la sortie des poubelles. Vous ne pouvez pas les louper. C'est l'empoignade à chaque fois. Ils sont de plus en plus nombreux. Ils se ruent là-dessus comme la misère sur le monde. Si c'est pas triste de laisser faire ça ».

Jean remercie Monsieur *Motocrotte*. Il ne se demande même plus comment les gens savent autant de choses les uns sur les autres.

Il a appris à se taire.

D'habitude, camouflé derrière son appareil, il en profite pour lâcher toute une pellicule. À la 125e seconde, il peut espérer capter l'expression tant attendue. Laisser parler les gens permet d'obtenir l'authenticité, de les laisser être, ne serait-ce qu'un court instant, enfin eux-mêmes, à nu, sans masque ni volonté de paraître.

Au fil des ans, il a dû acquérir une espèce de retenue, de pause qui permet l'écoute et invite à la confidence. Il en a lu des visages. Celui de Monsieur *Motocrotte* avait quelque chose de bon et d'avenant. Nettoyer les rues de sa ville, ça doit multiplier les rencontres et les paysages. Jean se dit qu'il aurait pu, au moins, lui demander son prénom.

Tout en se dirigeant vers le café des Alouettes, Jean ressent une pointe d'excitation. Cette journée prend une tournure bizarre. Depuis cette nuit, les événements s'enchaînent dans une espèce de logique qui lui échappe encore et qui pourtant paraît inexorable. Lui revient en mémoire la phrase sur laquelle il s'est rendormi, et qu'il trouve amusant de plagier : *Mais si tu es un jeune Chrétien au cœur d'airain, alors lève-toi, Jean Pictures, et marche vaillamment à la rencontre de ton destin !*

Le destin, accoudé au comptoir devant un demi bien entamé à 10 h 30 du matin, se fait appeler *Le Reptile*. Il lui explique qu'évidemment c'est un surnom, eu égard aux nombreux tatouages qui débordent de son corps. Sur chaque bras, deux serpents enroulés autour d'un sabre. Il relève ses manches et révèle le travail de l'artiste.

-Pour celui-là, le bras droit, j'ai morflé. C'était le premier et pour moi et pour le tatoueur. J'avais quinze ans. C'est du sale boulot qui m'a valu la dernière raclée du père. Après celle-là, je me suis barré alors il ne m'a plus jamais touché. Mais depuis j'ai appris, et si tu veux une bonne adresse sur Châtelet, je connais un type bien. Propre et sûr, parce que tu sais, y a beaucoup de losers qui jouent de l'aiguille comme si c'était un pinceau, mais qui savent même pas signer d'une croix au bas d'un chèque.

Jean sourit et se tait. Et quand Jean sourit, ou ça crispe ou ça séduit. *Le Reptile* hésite, boit une gorgée et se laisse séduire. Il a le ventre qui se réchauffe et Jean a déjà commandé une seconde tournée.

- Et qu'est-ce tu lui veux au juste, à *La Zazou* ?

Jean prend le temps de tourner le sucre dans son café. Il devine qu'il ne doit rien précipiter, il cherche ses mots et ce n'est pas ce qu'il y a de plus facile.

- Lui montrer des photos. On en avait fait une série, il y a un mois. Je devais revenir. Je suis parti en reportage et le temps a passé.

Il sort la photographie de sa poche.

Le Reptile s'en saisit et s'exclame :

- Oh putain, comment que t'as fait ? Elle est belle, là ! Moi j'l'ai pas connue avant, mais il paraît que ça valait le coup. Avec ses frusques et sa tignasse, on ne lui voyait plus rien, juste la hargne à chaque bout de phrase, mais j'ai entendu dire, qu'en arrivant, c'était autre chose. Tu voudrais pas m'en faire une à moi aussi ? Enfin de mes tatouages. Dans le dos, j'ai un grand voilier, c'était mon rêve d'être marin. Les copains pour blaguer, ils disent toujours que j'en mène pas large, mais la vérité c'est que...

Jean écoute. *Le Reptile* s'interrompt. Il semble buter sur un souvenir. Il lève son verre, le finit d'une traite, grimace et de nouveau regarde Jean. Comme s'il revenait d'un long voyage.

Brisé par la distance et toutes les tempêtes traversées. Jean le dévisage.

C'est vrai qu'il a l'air jeune. Les joues creuses et les yeux vitreux, mais dans un autre contexte, un autre monde... Une belle mâchoire carrée, des dents jaunes, mais régulières, de beaux yeux plutôt intelligents, un nez fin. Clicher des tatouages, il ne l'a encore jamais fait, mais pourquoi pas ?

Alors Jean relance :

- Aujourd'hui je n'ai rien sur moi, mais si tu veux, plus tard... Je retrouve *La Zazou*, c'est ça ? – Jean bute sur le prénom, cette fille n'a rien à voir avec une zazou – je pense que c'est possible. Un micro-reportage sur l'art de se « scriber » la peau...

Ou comment se raconter sans parler.

Jean se souvient qu'elle lui a donné son prénom, en passant, vite fait, au milieu de son histoire. Mais pour Jean, elle est *La Femme Nue*. La femme qui lui a offert sa féminité avant tout le reste. Qui a ouvert ses cuisses au monde et que le monde a snobée. Et pour Jean, une telle femme ne s'appelle pas. Il a toujours pensé *Elle* avec un grand E. Alors *LaZazou*, c'est bizarre. Sûrement un nom de rue, un nom de scène, un nom d'emprunt. *Le Reptile*, un doigt triturant le piercing qui lui barre l'arcade sourcilière, l'autre accroché à sa pinte, semble réfléchir et finit par lâcher :

- *La Zazou,* c'est pour Isabelle, mais elle veut pas qu'on le sache. Elle dit que ça faisait ringard. Y'a que *Le Poilu*, le mec barbu qu'était là ce matin qui sait son vrai prénom. Un jour qu'il était trop fait, il a craché le morceau et je peux dire qu'elle lui a fait passer un sale quart d'heure. C'est une chic fille *La Zazou*, un peu allumée, rapport à tout ce qu'elle prend, mais une chic fille. Ça fait plusieurs jours qu'elle a décampé. Ça lui arrive parfois. Mais elle revient toujours. T'as cherché au square, près du lycée ?

Jean comptait s'y rendre.

Il sourit, se souvient. Un silence s'installe qui fait partie du dialogue, qui laisse le temps. *Le Reptile* a replongé dans son verre. Il sait que le mec va partir. Faudrait qu'il trouve un autre truc à raconter, il a bu sa dernière gorgée, il resterait bien au chaud une petite demi-heure de plus. Jean redresse la tête au même moment et en une fraction de seconde saisit ce qui se trame dans la tête du jeune gars. Il pose un billet de vingt euros sur le comptoir, tend une main au *Reptile* et lui sourit.

- Je crois que t'as raison, je vais y aller. Tu me gardes tes bêtes au chaud, tu gonfles la voile… Et quand je repasse dans le coin, on se fait une pellicule. Combien de fois en vingt ans, il a déjà promis ça ?

Le square n'est pas loin. Juste au bout de la rue, à droite, après la librairie qui fait l'angle. Un jardin avec une aire de divertissement pour enfants, du sable, des jeux d'escalade, des bancs, deux allées arborées, des lycéens, des retraitées, des oisifs, un jeune couple, des mères, beaucoup de mères et des enfants, beaucoup d'enfants. Qui crient, qui courent, qui hurlent, qui s'essaient à la vie. C'est là qu'il l'avue pour la seconde fois. Sur un carré de pelouse, assise en tailleur, près de la marmaille. Avec sa robe en laine bleue, cette espèce de châle jaune-marron roulé autour du cou, ses escarpins noirs. Mal fagotée, triste et seule.

Elle nouait des bouquets d'herbe. Plusieurs brins qu'elle liait avec un autre plus grand et plus épais et au milieu desquels elle glissait une fleur ou une feuille. Elle les étalait devant elle, elle les rangeait, les caressait. Il n'aurait pas su dire si elle leur parlait, mais il était sûr qu'elle s'en occupait, que d'une certaine manière, elle était en contact. Il était fasciné.

Il s'est assis sur le banc en face d'elle et il l'a regardée, longtemps. Sans parler, sans se cacher, comme s'il voulait faire partie du paysage et qu'elle s'habitue.

Il est revenu le lendemain et le surlendemain, le doigt tétanisé sur le déclencheur. Et à chaque fois, elle reprenait ses compositions florales, qu'elle étalait devant elle, qu'elle caressait et qu'elle finissait par abandonner, sans se retourner, deux heures plus tard.

Il ne l'a jamais suivie. Il ne savait pas où elle allait. Retrouver son quatuor certainement. Boire, s'abîmer, tuer la poésie, l'innocence et le courage de vivre pour s'effondrer, jambes écartées, sa féminité bée à tous les vents, souillée du regard des passants, de Jean surtout, qui tenait là une photo, qui, s'il l'avait prise, aurait pu faire la une de tous les journaux.

Pourquoi ce jardin, cette pelouse, ces herbes mêlées, ce visage dénué d'expression qui n'accrochait rien en apparence, mais qui, aussitôt le jardin déserté, devenait plus livide encore ? Un air mauvais dans le regard, un pli à la commissure des lèvres qui n'existait pas deux heures plutôt. Une brusquerie dans les mouvements quand elle se déplaçait, décidée à rejoindre au plus vite cet autre part qui l'appelait.

Elle avait été si douce et tranquille, à cueillir une à une ces herbes, à choisir une feuille, à nouer des boucles et à recommencer, le geste lent et précautionneux.

Si un enfant s'approchait, elle tendait le bras, offrait le dernier bouquet mis en gerbe. Elle ne souriait pas, mais tout de même Jean avait l'impression que quelque chose s'allumait.

Une petite flamme, une gaieté, un espoir. Les parents semblaient s'être habitués. Ils la connaissaient.

Jean avait entendu des commentaires « Oh non elle n'est pas méchante disait l'un… Elle vient tous les jours tricoter ces espèces de bouquets, elle ne dit rien… Elle n'approche pas les enfants… Faut pas vous inquiéter… C'est rien qu'une pauvre fille… Oui, mais elle a l'air si jeune, répliquait un autre…. Si c'est pas triste quand même… Et toujours cette vieille robe, elle n'a pas froid ?... Et puis elle sent mauvais… Pour les petits… C'est que ça chope n'importe quoi à cet âge… »

Au troisième jour, les parents et les enfants partis, Jean s'est approché et juste avant qu'elle ne se lève à son

tour, prompte et belliqueuse comme à chaque fois à cette heure, il lui a demandé doucement :
- Est-ce que vous les vendez ?... Je veux dire, est-ce que je peux vous en acheter un ?... Il y a deux jours que je vous regarde, je vous ai vu faire. Je suis photographe…

Elle n'a pas été surprise. Elle l'a regardé droit dans les yeux et elle a répondu tout simplement :
- Oui, je sais.

Elle s'était rassise, l'invitant par ce geste à faire de même. Jean a pensé qu'elle l'attendait, qu'elle savait qu'il viendrait. Elle se tenait prête, en avance sur lui. Peut-être qu'elle l'avait pris pour un journaliste et qu'elle avait pensé « Pourquoi pas, après tout ? »

D'un seul coup redevenue droite et fière, elle a continué de le regarder. Elle n'a pas souri, mais comme avec les enfants, Jean a senti que quelque chose s'animait. Alors, lui, a souri. D'une joue à l'autre, comme il savait le faire, convaincu. Les femmes aimaient son sourire.

Une porte allait s'ouvrir et des tas d'images allaient jaillir, toute une vie d'images. Une foule d'émotions en gestes suspendus, en retenue, en regards baissés ou tendus au loin, en silence, en corps mouvants. Main dans les cheveux, crâne que l'on gratte, jambes que l'on plie et replie, position que l'on change, profil droit ou gauche.

Il était prêt, sûr de lui, agrippé à son fidèle destrier, un Leica M8, dernier né de la gamme. Il a demandé, en soulevant son instrument et en faisant mine de prendre une photo :
- Je peux ?

Alors, pour la première et unique fois, elle aussi a souri. Avec ses yeux, sa bouche et ses dents. Avec cette

espèce de lueur dans le regard, comme si à ce moment précis, elle venait de gagner quelque chose.
- C'est pour ça que vous êtes là, non ?
Et il a eu le réflexe, l'instant magique. *La photo*. La vie toute reconstituée au 125e de seconde.

Cet instant pur et parfait entre tous pour lequel il avait mis sa vie en voyage, son cœur en bandoulière et son appartement en résidence secondaire après les hôtels, les halls d'aéroports et les heures interminables de solitude au milieu de la vie des autres.

Au cœur de ce visage tenu serré, et qu'il verrait les deux heures suivantes, ruiné de douleur, noyé de larmes, grimaçant de révolte, secoué de spasmes, traversé de rictus, Jean a vu la *Vie*. La même que celle qui était sortie d'entre ses jambes un matin d'hiver. La vie nue, offerte, totale, sans retenue. Avec un grand V comme dans victoire. Ce qu'il a conservé en mémoire de son histoire est griffonné au dos de cette photo qu'il protège depuis ce matin, sans vraiment bien savoir pourquoi.

Elle avait 16 ans et lui 25. Il s'appelait Friedrich, jeune touriste allemand à Paris. Le temps d'un été, d'une virée à la campagne et de deux trois mots traversés d'accent et susurrés à l'oreille : « Du bist meine kleine Blume, vergiss mich nicht » en lui tendant un myosotis fraîchement cueilli. Le temps d'apprendre à faire l'amour et de tomber enceinte. Une expression justifiée. Comme on tombe à genoux sous le poids d'un péché trop grand pour soi. Friedrich déjà reparti, qui n'avait rien su, qui n'avait rien promis non plus. Son bel amant. La fuite de chez ses parents, des boulots minables, la rue, la première gorgée parce qu'elle réchauffe et les suivantes. Jamais suffisantes. La première ligne pour l'oubli et les suivantes. Par besoin. L'enfant qui s'en va un matin, en urinant, tout simplement. Le sang, la honte et la douleur. Trois jours en hôpital sans jamais donner son nom. Isabelle, qu'est-ce qu'il te reste d'un prénom qui n'a pas tenu sa promesse ? Trop moche pour vivre. Juste souffrir. Souffrir de ce petit qu'on n'a même pas su garder, souffrir à devenir folle. Le Poilu *qui un jour vous offre un coin de bitume,* Le Reptile *qui ondule sur le chemin,* Le Monde *à ses pieds, le ventre vide, le sexe bafoué. Restent les enfants des autres. Dans un jardin. Paradis perdu. De loin, pour se faire mal. Pour justifier la came et toutes ces heures à vivre pour rien. Un reste d'humanité dans trois herbes nouées. Un curieux. Une photo, deux photos, dix photos. Tu ne t'es pas privé. Voilà, tu sais, tu as vu, tu peux partir maintenan*t.

Jean a promis de revenir. Puis les jours sont passés, qui ont fait des semaines et les semaines ce début d'hiver.

Le jardin est désert. Elle n'y est pas.

Il s'assoit, sur le même banc, à la même place qu'au premier jour, puis il attend. Et il se souvient. À présent, il a froid. Dans sa poche intérieure, son portable vibre. C'est Mathilde. Il regarde le prénom défiler sur l'écran, il ne décroche pas.

Mathilde, mon amour, dans quel monde je vis ? Qu'ai-je fait ? Que suis-je devenu ?

Il voudrait répondre, entendre sa voix prononcer son prénom, mais il laisse le répondeur se mettre en route. Elle a raccroché avant. Elle a dû hausser les épaules, se dire « Quel con ! » et puis repartir à ses occupations.

Maintenant elle ne l'appellera plus.

Alors il se lève, retourne au café des Alouettes, d'où *Le Reptile* a pris la tangente, commande une bière et appelle Henri. Plusieurs sonneries et la voix enjouée de son ami, le seul depuis bientôt trente ans.

- Non, mais je rêve ! C'est bien toi, mon Jeannot ? Ça fait un bail. T'es dans le coin ? T'as le temps de déjeuner ?

Jean sourit et pense : « Toujours aussi survolté et heureux. Merde, ça fait du bien quand même de l'entendre. »

- Quatre fois oui pour faire court. À toutes tes questions. On se retrouve chez l'Américaine ?... Dans cinq minutes…

- Ok… le dernier arrivé paie l'addition.

Il sait déjà qu'Henri va courir pour ça. Non pas pour se faire inviter, mais pour gagner. Tout simplement. Parce qu'il aime les défis, la compétition, le challenge. Et surtout parce qu'il n'aime pas perdre. Sûrement pour ça qu'il a choisi d'être flic. Être toujours le plus fort, avoir la loi pour lui, jouer à cache-cache.

Enfantin dans le raisonnement, mais efficace dans l'action.

Tous ces jeux qu'ils s'inventaient ados pour séduire les filles. Un été, c'était dix nationalités différentes qu'il fallait avoir au moins embrassées une fois. Un autre, c'était le choix de la coiffure. Courte, longue, bouclée, brune, rousse, blonde, avec nattes, sans nattes et même rasée. Henri a toujours gagné, juste parce qu'il ne pensait pas qu'il puisse perdre. La dernière année de lycée, Jean est tombé amoureux d'Élodie ; Henri lui, a osé mettre la prof de philo dans son lit. Et l'y garder toute l'année durant.

Après ça, ils ont grandi et la vie a tracé ses routes.

Chapitre 7

Le rendez-vous, Chez l'Américaine, est une brasserie tout à fait ordinaire qui porte encore l'enseigne du dernier patron, Le Monaco. Située à l'angle de la rue du Champ de l'Alouette et de la rue Vulpian, elle est devenue leur fief depuis qu'Henri habite le quartier.

Quand Jean arrive, son ami est déjà là à plaisanter avec la patronne. Une femme ronde et généreuse, à la poitrine prodigieuse, l'accent californien claironnant :

- Ah, ah, je me disais aussi. Quand je vois le flic se radiner comme un *cow-boy* à toute vitesse, c'est que le voyou n'est pas loin. Vous allez bien mes garçons ?

Les deux garçons la dévisagent l'œil espiègle, lui prennent chacun une joue entre les doigts, tirent dessus, la relâchent puis l'embrassent. Eux ne s'embrassent pas. Ils se sont tout dit en la taquinant, ils se sont touchés par la complicité retrouvée. La pudeur est un lien si puissant. Si vulnérable aussi.

Jean et Henri se dirigent au fond de la salle, prennent d'office une table pour quatre, commandent une bouteille de vin, deux plats du jour et laissent au silence le temps pour chacun de penser à la première phrase.

Henri craque le premier, comme toujours.

Jean le sait.

Il attend.

- Et donc ?... Alors ?... Quoi de neuf ?

Jean sort la photo de sa poche, la pose devant son ami et attend. Encore. Il y a longtemps qu'il ne fait plus de fausses manières. Ils parleront du superflu quand l'essentiel aura été nommé, soulagé, apaisé. Il demande :

- Tu la connais ? Je la cherche. Elle squatte sur le boulevard, en dessous du métro, face au *Monde*.

-Toujours aussi direct, tu ne t'améliores pas. Avant au moins tu disais bonjour. Tu sais que le langage est né avant la photographie ? Puis, jaugeant la photo d'un œil averti : Encore une de tes modèles ? Je croyais que tu ne faisais plus dans la mode. C'est pour un casting chez…?

Jean sourit et spécule, intérieurement.

« Vas-y mon pote, joue-la-moi morale, fais le bon flic, même pas peur. Je te connais bien, t'as déjà mordu à l'hameçon, j'l'ai vu dans tes yeux, à l'instant même où j'ai sorti la photo… Ton petit nez de fouineur s'est mis à bouger. Si chaque fois je ne t'amenais pas une prise, tu crèverais d'ennui et de rage de ne pas me montrer l'étendue de tes pouvoirs, les mille et un tours que tu as dans ton sac et la preuve de ton incroyable efficacité. »

-Écoute *a priori*, je te répondrais non, mais tu sais y a longtemps que je ne rubrique plus les faits divers. Si tu veux, je me renseigne en sortant. Ton modèle, il a un nom ou quelque chose de similaire ?

- Isabelle surnommée *La Zazou*. Deux jambes superbes, un sexe pas farouche, une histoire à dormir dehors et un sourire qui rattrape tout le reste…

-Génial. Et qu'est-ce que tu lui as fait, promis, pas tenu…,pour que j'aie le plaisir de déjeuner avec toi ?

Le visage de Jean s'est assombri.

Il est las tout d'un coup. Plus envie de jouer, plus la force. Il regarde Henri.

Qu'est-ce qu'il pourrait répondre ?

Henri embraye :

- D'accord, je vois, tu es dans un grand jour. Une autre femme là-dessous, je suppose ?

Croyant lui sauver la mise :

- Et qu'est-ce que tu dirais de venir ce soir dîner à la maison ? Tu sais qu'on fête les dix ans de ton filleul aujourd'hui. Ne me dis pas que tu as oublié ? J'ai d'ailleurs pensé que tu m'appelais pour ça…

Alors Jean bascule.

La fatigue ou le vin, ou les deux le font chavirer. Sous le regard compatissant de son compagnon de table, il craque. Et tout remonte. De très loin.

Il n'a rien oublié.

Les mots s'évadent enfin de lui.

Dix ans !

Lui aussi, un jour, a eu dix ans.

Pour la première fois, son père était venu le chercher à la sortie de l'école. Sa main ferme tenant la sienne, il l'avait conduit sans un mot jusqu'à l'hôpital. On était au tout début de l'été. Le soleil irradiait.

Ils avaient pénétré dans un bâtiment qu'il ne connaissait pas. Un bâtiment étrangement silencieux, qui paraissait vide et dans lequel il avait eu froid. Instinctivement. Une femme tout en blanc était venue les accueillir. Elle avait salué son père dans un chuchotement, il lui avait répondu d'un mouvement de tête, puis elle avait regardé Jean avec beaucoup de gentillesse, et Jean avait souri.

Elle les avait accompagnés le long d'un couloir aux murs nus, s'était arrêtée devant une porte, l'avait ouverte et s'était effacée pour les laisser pénétrer. La pièce était carrée, immense et blanche aussi. La femme ne les avait pas suivis, s'en était retournée. Sans comprendre pourquoi, Jean avait été tenté de la suivre, mais son père avait serré sa main plus fort, il avait senti ses phalanges s'entrechoquer et la douleur le surprendre.

Il avait vu le lit avec une forme dessus. Une chaise à côté. Et rien d'autre. La douleur avait continué de proliférer, contenue entièrement dans la main de son père qui lui pétrissait les doigts. Comme on serre et desserre le poing sur la petite balle de couleur que l'infirmière tend au moment de la prise de sang pour irriguer la veine et maintenir la pression. Il avait levé les yeux vers son visage pour chercher une réponse. Son père avait broyé sa main plus fort encore, respiré bruyamment et Jean avait vu qu'il pleurait. Il l'avait suivi jusqu'au centre de la pièce, la gorge nouée, les yeux écarquillés. Devant le lit, ils avaient stoppés net. Jean avait observé et pendant un instant, n'avait pas compris. Il avait eu du mal à le reconnaître. Le visage de son frère dépassant de dessous un drap blanc, étendu sur le lit, *Peluche* posé à la droite de son crâne.

Ce qui avait maintenu Jean dans l'illusion un tout petit moment, c'était la douceur, l'apaisement, presque le bien-être qu'il lisait sur le visage de son frère. Il n'y avait plus les signes de la souffrance sur ses traits. Il paraissait détendu, tranquille et juste profondément endormi.

Et pourtant, l'espoir n'avait pas duré. Il percevait dans son dos la raideur de son père, sa mère aurait dû être là, et tous les autres aussi, toutes les blouses blanches et le bruit rassurant de leur continuel va-et-vient.

Au moment de comprendre, quand il avait tendu le bras pour caresser la joue de son frère et senti la rigidité mortifier son geste, la douleur avait explosé partout en lui. Elle avait franchi les barrages de sécurité de la main de son père, descendu dans ses jambes, remonté dans sa poitrine, envahi ses yeux, noué sa gorge, étouffé ses poumons.

Elle avait pris le pouvoir et Jean n'avait rien pu faire d'autre que de s'y soumettre.

Son frère avait cessé de vivre.

Enfin libre, dehors, sorti de sa bulle, mais mort.

Son double, inaccessible et mystérieux qu'il n'avait jamais connu que derrière les masques, les blouses, le plastique, et dans les chambres aseptisées, était mort. Sans lui laisser le temps d'un mot, d'un contact, d'un regard. Sans l'avoir jamais vraiment rencontré, touché, senti, respiré.

Son double – ou son alter égo –, à qui il avait promis, s'il guérissait, une vie de jeux et de bêtises. Parce que seul, à tout inventer tout le temps, ce n'était pas drôle. Et qui à présent n'entendait plus rien. Ni les cris de Jean pris de panique, ni les sanglots étouffés de son père, ni le silence imposant de la fatalité qui les avait prostrés tous les deux pendant de longues minutes. Avant que sa mère ne les rejoigne et que Jean ne s'effondre dans ses bras, inconsolable.

Il se revoit plus tard, assis à l'église, au milieu de ses parents. Chacun pesant sur ses épaules et déversant des larmes plus lourdes que sa propre peine. Puis au funérarium quand le petit cercueil a glissé et que personne ne l'a retenu. Jean a vu les premières flammes lécher le bois blanc avant que la porte ne se referme.

Elles dansaient encore devant ses yeux quand l'urne est apparue quelques jours après sur le meuble de la salle à manger.

La bougie à droite, le ruban bleu à gauche. Ses espoirs partis en fumée. Les cendres de son enfance.

Henri est estomaqué. Le sifflet coupé et une seule phrase qu'il répète dans un murmure :

- Tu as un frère ? Depuis quand ?

Il y a longtemps que Jean n'a pas calculé. Les dates laissent des empreintes, s'accrochent au calendrier et se muent en anniversaire. Jean a toujours voulu occulter celui-là.

Il rectifie : « J'avais un frère », puis se tait.

Henri ne le quitte pas des yeux.

Il est abasourdi par cette révélation. Partagé entre le sentiment égoïste d'avoir été trahi toutes ces années dans le silence, et le secret et la compassion qu'il éprouve aussitôt. La douleur qu'il perçoit chez Jean est comme un gouffre béant. Un abîme resté refoulé et insoupçonnable et au bord duquel Jean a dû lutter souvent pour ne pas tomber. C'est comme si d'un coup Henri comprenait ce qui l'avait toujours laissé perplexe : ses coups de gueule, ses silences, ses impatiences, ses fuites, son indépendance, ce foutu appareil derrière lequel il passe tout son temps ; ses mots qu'il lâche au compte-gouttes ; ces femmes qui ont traversé sa vie sans jamais la partager.

Pourquoi il est si peu présent depuis la naissance de son filleul ; pourquoi il se tient éloigné de son foyer ; pourquoi il ne vient presque plus jamais.

Et surtout pourquoi enfant puis adolescent, Jean n'a jamais voulu que Henri s'invite dans la maison de ses parents. Pourquoi tout était toujours dehors, ailleurs. Et il lui en veut de ce silence, de ce secret jalousement gardé, de ce manque de confiance. Comme si toutes ces années d'amitié n'avaient été qu'une grande mascarade. Comme si tout ce qu'ils avaient vécu était faux. Et lui, Henri, comment a-t-il pu être à ce point naïf, si peu attentif

Comment a-t-il pu se laisser berner ?

Lui, le flic à qui rien n'échappe, intuitif et méfiant.

Entre le ressentiment et la peine, Henri se débat. Sa tête est un volcan. Le feu couve, mais au lieu de paroles et de reproches, ce sont les larmes qui viennent. Jean en face se tient la tête entre les mains. Il n'a plus rien à dire, de nouveau buté dans son mutisme. Soudain, Henri se

soulève de son siège, se penche par-dessus la table, l'attrape par le cou et dans un hoquet, souffle :
- Merde, mais pourquoi, pourquoi aujourd'hui ? Qu'est-ce qui se passe ?

Jean redresse la tête, affronte le regard d'Henri et répond :
- Je ne sais pas... Je ne sais plus... C'est compliqué...

Et il lui raconte. Le cauchemar de la nuit : Dieu, la femme et l'enfant. Son insomnie. Le reflet de son père dans le miroir. La photo oubliée. Le mail de Franck. Et les attentes de Mathilde.

Mathilde, si différente de toutes les autres femmes. Celles qu'il a cru aimer avant. Qui lui étaient attachées, presque dépendantes. Et qu'il a pu quitter, sans regret. Sans risque de souffrir. Pas parce qu'elles ne demandaient rien, mais parce qu'elles acceptaient tout. Ses absences, ses silences, son non-désir d'enfant, son besoin de liberté, sa quête perpétuelle... Comme s'il existait une photo, une seule qui soit à la hauteur de son exigence !

Mathilde, elle, est plus libre, plus forte, plus autonome. Elle avance, elle ne l'attendra pas. Si Jean ne choisit pas, ne s'engage pas, elle partira. Elle ne se sacrifiera pas.

Son mail, ce matin « Est-ce que tu as réfléchi ? », ça voulait dire tout ça.

Est-ce qu'il sera capable de la rejoindre, de traverser les ponts, d'affronter ses peurs, de prendre le risque ? D'arrêter de fuir ? De faire grandir l'orphelin en lui ?

Est-ce qu'il en a envie ?

Voulant dédramatiser, Henri demande :
- Nom, prénom, âge, profession, numéro de sécu ?

Jean arrêté en pleine flagellation, le fouet de la question suivante en suspens, s'étonne :
- Hein… pardon ?

Henri s'explique :
- En cherchant bien, je pourrais trouver quelque chose qui la fasse tomber de son piédestal, ta Mathilde. Pratique de la magie noire, séquestration de vieux en fin de vie, pickpocket professionnel, serial killeuse sur l'autoroute de l'Est dans les années 90,… Sait-on jamais ? Tu sais que les princesses n'existent plus ? Et les princes non plus d'ailleurs. L'homme parfait est un mythe et les femmes le savent aujourd'hui. Tu te poses trop de questions, l'ami.

Puis redevenu sérieux et parce qu'il sait que derrière l'arbre tordu se cache toujours la forêt des mille et une vraies raisons, il tente le tout pour le tout :
- Et une photo de ton frère, tu en as une ?

Henri regrette aussitôt sa brutalité puis se ravise. Dans les yeux de Jean, il lit la panique et voit s'effacer derrière une mâchoire crispée, le sourire qu'il avait réussi à ranimer. Un silence plombé dresse un mur entre eux. Le regard d'Henri ne quitte pas Jean. Ce dernier le soutient avec dureté. La tension est palpable et fait douter Henri. Et pourtant, Henri a connu pire en interrogatoire. Il est conscient de lui faire violence, mais il sait aussi d'expérience que les aveux libèrent. Il n'est pas fier pour autant. Toutefois, il est convaincu qu'une occasion comme celle-ci ne se représentera pas. C'est une brèche, il faut s'y engouffrer avant que Jean ne referme à jamais la porte qu'il a bien voulu ouvrir. Il fixe Jean. Il veut paraître maître de lui, mais sans arrogance et avec compassion. Au fond il est ému.

Il joue sa dernière carte :

- J'ai besoin de savoir, de voir, pour comprendre. J'ai toujours cru que c'était moi ton frère, ton *poteau*.

Une émotion qu'il croyait être incapable de ressentir traverse sa voix. L'accent de la sincérité. Il est surpris lui-même. « Merde, mais je suis jaloux ! Non, mais quel con ! »

Jean glisse la main dans la poche intérieure droite de son blouson, sort un portefeuille en cuir noir et l'ouvre.

-Je suis désolé, je n'ai que celle-là. Je n'ai jamais eu que celle-là, dit-il en tendant à Henri une photo au format carré toute racornie sur les bords et striée de rainures noires au dos.

Aussitôt Henri blêmit, baisse la tête, fixe longuement le petit carré de papier. Quand il se redresse, des vagues dansent dans ses yeux.

C'est la seconde fois qu'il pleure devant son ami.

Jean complète :

- Je ne l'ai jamais tenu vivant dans mes bras, mon petit frère. Quand pour la seule et unique fois, je l'ai embrassé, il était mort. J'ai posé ma main sur son front, sa peau était douce, mais dure. Je lui ai parlé, il ne m'a pas entendu, pas répondu. Je l'avais en face de moi pour la première fois et rien de ce que j'avais pu imaginer ne s'est passé. J'avais dix ans et lui quatre, j'attendais ça depuis le début. Dès la naissance, ils l'ont mis sous bulle. Sous clé. Sous protection. J'aurais voulu le serrer fort, au moins une fois, qu'il mette ses bras autour de mon cou, qu'il rit aux éclats, que je le fasse tourner, qu'il touche ma peau, que je l'entende respirer, que je le sente, charnellement, une fois au moins, en vrai. Mon seul contact avec les enfants est celui d'un cadavre. Je ne sais pas si j'arriverai à être, ne serait-ce qu'un jour, un bon parrain pour ton fils...

-…Tous les rires d'enfants me blessent, leur odeur m'écœure, leur sourire me taillade. Je leur en veux d'être vivants, ils lui ressemblent tous et pourtant aucun ne sera jamais lui. Il était si extraordinaire, si courageux…

Henri l'arrête d'un geste. Une main qu'il lève à hauteur de visage pour dire stop et d'une voix qu'il sait chevrotante, répète plusieurs fois :

- Pardon, je suis désolé, pardon.

Ils vident ensemble un verre de vin, puis un second. Ils ne parlent plus. Se regardent, émus. Et restent longtemps ainsi.

Le silence petit à petit devient plus léger. Il y a des années que Jean et Henri n'ont pas parlé de la sorte. Il se peut même que ce soit la toute première fois.

Ils se rencontrent enfin. Plus personne n'a rien à prouver, à protéger, à perdre. Quand ils se quittent sur le trottoir, une heure et demi plus tard, ils le savent et en sont fiers. Ils sont amis.

Chapitre 8

Jean retourne au jardin. Il sait que la femme, *La Zazou*, n'y est pas. Il ne la cherche plus. Henri, lui, la trouvera. Il a juste besoin de marcher.

Sans même y jeter un œil, il dépasse l'aire de jeux, le bac à sable, les tables de ping-pong et les balançoires. Il entend des cris d'enfants, mais refuse de les voir.

Le square comprend une allée médiane avec au centre, un sous-bois divisé en bosquets. Jean reconnaît des sycomores et des frênes et, sur le pourtour du jardin, des charmes et des cèdres bleus. Quelques pies bavardes s'égaient çà et là. Il sait qu'en période de nidification,

elles nichent au sommet des arbres. Il lève la tête, mais n'en découvre aucune. Il se dirige vers l'allée de droite, elle paraît déserte. Il peut se laisser flotter, s'entendre réfléchir. Pas longtemps. Jusqu'à ce que son téléphone vibre à nouveau. C'est un numéro caché. Jean se rétracte, mais décroche quand même. Mathilde ne lui ferait pas un coup pareil.
- Oui, allô !
- ...
- Oui, c'est moi.
- ...
- Oui, je comprends.
- ...
- Quand exactement, et où ?
- ...
- Oui, très bien.
- ...
- Non, non, ça va aller, merci. Oui, à bientôt.

Jean raccroche, regarde son portable qui semble s'être métamorphosé d'un coup en un énorme point d'interrogation. Il le range au fond de sa poche, lève les yeux au ciel et soupire.

Manquait plus que ça !

C'est tout ce qu'il trouve à penser : « Manquait plus que ça ! » Comme si cette journée ne pouvait plus le surprendre, comme s'il était écrit que ce serait cette journée-là et pas une autre.

Enfoiré d'Émile, va ! L'oncle Émile, le grand, l'original, le fou furieux oncle Émile. Terrassé par la foudre, cette nuit, en pleine montagne. Il vient de recevoir la nouvelle comme un flash. Il n'est pas triste. Il est bluffé.

Et presque heureux.

Jean pense, non sans sourire, qu'il n'a pas dû ménager ses efforts, le salaud. Si réussir sa vie prend du temps, réussir sa mort relève du grand art. Terrassé par la foudre, quel génie ! Et quoi d'autre, sinon ? Qu'est-ce qui aurait pu l'arrêter ?

Quatre-vingt-cinq ans, quatre mois et six jours s'il calcule bien. Pour sûr qu'il y a mis le temps. Et l'énergie. Trois femmes, cinq enfants, une quinzaine de petits-enfants et le double au moins en ricochets. Sans compter ses maîtresses, mais ça, personne n'a jamais pu le prouver.

L'Émile a encore frappé. Une énième fois pour ne pas dire la dernière parce qu'avec lui, même posthume, on ne sait jamais. L'enterrement aura lieu samedi, Jean sait déjà qu'il n'ira pas. Durant toute son existence, l'oncle Émile a côtoyé des gens qui ont passé leur temps à inscrire sur leurs cahiers de rancunes la liste des innombrables dommages collatéraux qu'une vie comme la sienne n'avait pas manqué d'entraîner. Les voir réunis le jour de ses obsèques et les entendre déblatérer hypocritement, non merci, sans façon !

Il préfère se repasser les films tout seul. Dans un coin de sa tête.

Il n'a ni à pleurer ni à regretter.

Une des dernières conversations qu'ils aient eue remontait à six mois peut-être. L'été dernier, un soir, place d'Aligre. Dans un de ces bars à vins bondés et bruyants que son oncle dénichait toujours et qu'il avait plaisir à faire découvrir. Ils avaient partagé une assiette de foie gras autour d'une bouteille de Cadillac. Et ils avaient parlé, jusque tard. Son oncle prétendait que le tumulte environnant favorisait l'intimité. À l'en croire, le brouhaha protégeait du sérieux que donne le ton de la confidence quand rien ne bruit et que le moindre battement de cœur fait l'effet d'un monitoring poussé à fond. L'épaisseur du bruit protège, atténue, isole. On peut tout dire dans le bruit. Un reproche ou un compliment a moins d'impact que si on n'entendait que lui.

Il faudrait toujours prendre les grandes décisions dans le bruit.

Sentir qu'elles font partie d'un tout et espérer ainsi les désacraliser.

Peu convaincu, Jean avait pourtant opiné du chef, lui qui était un solitaire accompli, recordman du monde en concerts de silence. Il avait avoué :

-Tu n'es qu'un vieil original et qui plus est, heureux. Comme j'aimerais te ressembler ! Tu sais, c'est grâce à toi que je ne suis pas devenu fou, grâce à tes allers-retours dans ma vie, tes histoires, tes cadeaux… Ta fantaisie.

Et l'oncle Émile de s'indigner :

- On ne naît pas original, tu sais, on le devient comme on devient alcoolique, voyou ou SDF. Pour cacher une blessure. Je n'ai jamais rencontré quelqu'un qui n'ait une douleur à fuir et encore moins un original. Méfie-toi des apparences, le bonheur est souvent moins poli qu'on ne le pense.

- N'empêche…

- N'empêche, quoi ? Ah je sais à qui tu penses. Tu juges par comparaison. Tes parents ? Ils n'étaient peut-être pas des originaux, mais ils ont résisté. À la mort de ton frère, toute leur énergie était mobilisée, ils ont trouvé en toi le courage de continuer. C'était un défi autrement important. Ils ont su ne pas te laisser tomber et même si cela paraît injuste, ils auraient pu… Ils n'ont plus jamais été les mêmes, mais ils ont été là…

- Et toi aussi tu as été là, tu les as bien aidés, et moi aussi. Ta vie est un vrai roman.

- Un vrai roman ! Un mauvais polar, oui. Jean, tu es grand maintenant, tu veux que je te dise la vérité ?

Jean a dû parler à voix haute, sans s'en rendre compte. Il arrive de l'autre côté du parc où s'étend un espace occupé par des bandes de gazon. Au centre se dresse un obélisque flanqué de quatre gloriettes.

Il croise une femme qui pousse un landau et qui le regarde bizarrement. Un enfant marche à ses côtés. Un garçon de quatre ou cinq ans peut-être. Le soleil en oblique projette à ses pieds une ombre plus grande que lui et il l'entend s'exclamer : « Regarde maman, je suis en train de grandir ».

Il se retourne. La femme a passé ses mains dans les cheveux de l'enfant et a répondu : « Mais c'est vrai ça, ce que tu es grand aujourd'hui ! ».

Jean les regarde s'éloigner, main dans la main, confiants. Pris de vertige, il inspire un grand coup, expire bruyamment et serre les poings. Comme s'il voulait retenir dans ce geste tout ce qu'il refuse de laisser déborder. Il se souvient très bien du jour où il s'est senti grandir. Enfin. C'était deux ans après la mort de son frère. Ils étaient tous réunis pour fêter ses douze ans. L'oncle Émile lui a offert son tout premier appareil photo et le nouvel objet a définitivement remplacé *Peluche*.

Peluche était le jouet doudou qu'il avait partagé avec son frère pendant les quatre années de sa courte vie. On pouvait tout lui demander. Très fort en imagination et en réponses en tous genres, il était roux, le ventre rond, le poil usé, mais l'intelligence vive. Son unique œil lui conférait cette qualité entre toutes. Il l'avait perdu lors d'une bataille mémorable, un jour de grand découragement où Jean avait abandonné espoir de voir son frère sortir de sa bulle, et où il avait pleuré. Il lui avait arraché un œil. Cet éborgnement ne s'était pas accompli facilement. Il avait dû se débattre avec les fils, l'œil n'était pas collé, mais cousu.

Après s'être acharné sur *Peluche*, il avait demandé à sa mère de lui confectionner un bandeau de pirate pour cacher la blessure et ôter la douleur. Il voulait que son frère le reconnaisse, comme lui, héroïque et brave. Et non pas comme une espèce de mauviette toujours en train de chialer.

Peluche avait des pouvoirs. Il connaissait des vérités.

Il résistait aux épreuves. Jean devait pouvoir le faire, lui aussi.

Peluche lui avait révélé le secret des naissances, une graine que les garçons plantent dans le nombril des filles et qui va pousser à l'intérieur des ventres jusqu'à ce qu'elle n'ait plus de place. Là où ça clochait, c'était pour l'en sortir. Si Jean avait réussi, par quel mystère son frère avait-il échoué ? En passant le premier, est-ce qu'il n'avait pas tout abîmé ?

Peluche l'avait consolé en lui avouant le grand secret du Père Noël. C'était un secret qu'on ne révélait pas à n'importe qui, il fallait être comme Jean, courageux pour comprendre que s'il n'existait pas, c'était bien qu'il ait été inventé. Que c'était toujours ça de gagné sur les jours sans cadeaux. Et que si on rajoutait la petite souris, les anniversaires, les fêtes, c'était cool, mais encore pas assez. Qu'il fallait créer d'autres occasions. Se lever tous les matins en se disant « Et aujourd'hui, à qui vais-je faire plaisir ? ».

À la mort de son frère, Jean s'était promis de multiplier les occasions de faire plaisir. Une promesse mal tenue. Il était tout seul pour y faire face, ses parents n'auraient pas pu subir une seconde défection.

Ils s'étaient raccrochés à lui et lui, heureusement, à l'oncle Émile. Hélas, *Peluche* n'avait pas tenu toutes ses promesses et avait laissé bon nombre de questions en suspens : *Qui a dit que le bleu est bleu ? Pourquoi le vert n'est-il pas rouge ? C'est quoi une vie de galet ? Combien pèse un nuage ? Pourquoi le silence ne fait-il jamais de bruit ? Que faut-il savoir, pour dire je sais ? Quand on naît, on a un jour ou neuf mois ? Si le temps passe, pourquoi les minutes s'écoulent ? C'est quoi un voleur d'ombre ?*

Peluche, encore et encore, jusqu'à ses douze ans.

Alors le Polaroïd est entré dans sa vie et *Peluche* est redevenu une simple peluche.

Entre lui et le monde, Jean a mis un écran bien plus puissant que n'importe laquelle de ses affabulations.

Il l'a inauguré aussitôt par une prise de vue d'un genre un peu spécial. Une photo unique. Au prix inestimable.

Sa première photo.

Il a attendu que sa mère soit dans la cuisine et que son père et l'oncle Émile soient sur le balcon à fumer une cigarette, tous deux repus et satisfaits de ce repas d'anniversaire. À ce moment, assis sur le canapé du salon, il a mis un œil derrière le viseur, effectué le tour de la pièce. Comme il n'y avait pas de zoom pour voir les choses en gros plan, il s'est rapproché d'elles au plus près.

Ainsi levé, il s'est arrêté devant la table de la salle à manger et a focalisé sur la forme que prenait une serviette de table pliée machinalement. Un carré approximatif dont l'un des coins avait été mal rabattu, tourné vers l'intérieur. On aurait dit une petite pochette au creux de laquelle une tache s'était incrustée. Un halo rouge clair. Du vin, très certainement. Ou peut-être un peu de ce coulis de framboise qu'ils avaient mangé au dessert. Il a trouvé ça moche, sans grand intérêt et s'en est détourné.

L'œil toujours rivé au viseur, il a relevé la tête, pivoté sur lui-même, faisant défiler les objets qui meublaient la pièce. Il a croisé son reflet au passage du miroir, une grande glace rectangulaire qui occupait tout le mur au-dessus du canapé du salon. Il a bien pensé à appuyer sur le déclencheur, quand il l'a vu, derrière lui, qui se réfléchissait dans le miroir. Muet, insolent, intouchable. L'image s'est imposée d'elle-même. Évidente. L'ovale silencieux de son frère scellé d'un chapeau à double étage, trônant sur le buffet acajou de la salle à manger. Il s'est approché, ne voyant plus que lui, qui prenait toute la place au fond de l'obturateur. Il a écarté la bougie, la photo et le ruban. Il s'est immobilisé, a cadré et aussitôt déclenché.

La photo est sortie au bout de l'appareil, il l'a tenue dans ses doigts et il a attendu. Les contrastes ont surgi, une forme s'est révélée. Un gros plan parfait, bien net, sans bougie ni ruban. Sa première photo. Une nature morte. L'urne de son frère. Un ovale effilé qui ne lui ressemblait guère, lui qui était mort joufflu, le corps gonflé par la cortisone.

C'est cette photo qu'il a montrée à Henri tout à l'heure. Sur laquelle il a fait pleurer son ami. Il voulait le choquer. Comme lui l'avait été. Pour qu'il sache, puisqu'il voulait comprendre. C'était injuste et moche. Dégueulasse même. Mais tout dans cette histoire était injuste et moche. Ce cliché ne l'avait jamais quitté, il l'avait conservé secret. Il l'avait dissimulé toutes ces années dans la poche revolver de son blouson. Une légère boursouflure coincée entre sa carte d'identité et son permis de conduire et qui avait pesé lourd dans la balance.

Jean a marché jusqu'au banc. Sans s'en rendre compte, ses pas l'ont ramené au jardin d'enfants. Les allées sont à nouveau fréquentées. Un peu hébété, les yeux grands ouverts, il observe autour de lui. Le soleil a baissé d'intensité. Il fait plus frais, plus humide aussi. Son portable indique qu'il est presque trois heures. Plus d'une heure qu'il erre et déambule, cette nonchalance ne lui ressemble pas. Cette fatigue non plus.

Une alerte en bas à gauche de l'écran le prévient qu'il a reçu un SMS. Henri, évidemment. Succinct, laconique et efficace : « Hôpital Cochin. Isabelle Serat. 29 ans. Service cardiologie. Ch. 122. » Au moins, pense Jean, ce n'est pas le Bâtiment Gustave Roussy. La morgue en langage codé. Aujourd'hui, Jean n'aurait pas supporté. Il se dit que tout de même, il y a des jours qui n'en sont pas, qu'on devrait pouvoir sauter, mais qui s'acharnent.

Il décide de remonter jusqu'à la place d'Italie. Il a besoin d'un verre loin du quartier. Il tourne en rond depuis ce matin. Quand il sort du jardin, il remarque l'écriteau sur lequel est inscrit « Square René-Le Gal ». Nommé ainsi en souvenir du conseiller municipal du 13ᵉ arrondissement fusillé par les Allemands pour son appartenance à la Résistance, le 7 mars 1942, à l'âge de 43 ans. Et *La Zazou*, à part trois lignes dans le journal, elle aura droit à quoi d'inscrit sur son épitaphe ? « *Vergissmichnicht** » peut-être ?

Il est heureux de n'avoir pas à y penser.

---

*Vergissmichnicht, en allemand : « ne m'oublie pas, autre nom du myosotis.

Chapitre 9

À la brasserie O'Jules, la terrasse couverte est chauffée. Jean s'y installe, choisit la table près de l'arbre, celui planté au milieu, entouré d'une cage de fer, enfoui sous le bitume et qui continue de pousser malgré la bâche en plastique qui l'encercle de toutes parts. Le tronc passe au travers et tout de suite après, les branches s'élancent vers le ciel en une multitude de bras, avides de lumière et d'espace. Il commande un Perrier menthe, sans glaçon. Il allonge les jambes, enfile ses mains dans ses poches et soupire. Dans la rue à gauche, des employés municipaux dressent les poteaux d'acier qui serviront pour le marché du mardi matin.

À droite, sur le parvis du centre commercial Italie 2, les marches sont désertes. Très peu de monde dans les rues, mais le trafic automobile, lui, est saturé. En direction du périphérique et de l'autoroute de Lyon, c'est l'embouteillage, l'impatience, le gros nuage de pollution. Le contraste est saisissant.

Il y a longtemps que Jean n'a pas conduit dans Paris. Il pense qu'il n'aimerait plus se livrer à un tel exercice. Une femme passe à vélo sur le trottoir bien moins encombré que la rue. C'est la nouvelle mode, il devrait peut-être s'y mettre. Faire comme tout le monde. Prendre le temps. Arrêter les avions. Une vraie drogue, les avions. Toujours en plein décalage. La tête au-dessus des nuages. Là-haut, là où son frère a trouvé refuge. « Regarde, ce n'est pas loin, tu as juste à lever les yeux… », lui a dit sa mère en le serrant dans ses bras.

Est-ce qu'il serait prêt à ne plus partir ?

Est-ce qu'il n'a jamais fait que ça, tenté de le rejoindre ?

Peut-être devrait-il prendre des vacances ? Il le pense. Il faudrait qu'il appelle Mathilde, sait déjà qu'il ne le fera pas. Pas tout de suite en tout cas. Il doit aller à l'hôpital. Pour *La Zazou* il n'est peut-être pas trop tard, il a quelque chose à y faire et pour une fois, il peut être à la hauteur.

Un pigeon vient se poser à ses pieds. Des miettes de nourriture l'ont attiré. Il claque du bec, en prélève une partie et s'envole ailleurs. Jean se dit encore qu'il vit une drôle de journée. Étrange et douloureuse. Il a l'impression d'être dans un mauvais film, il guette le moment où quelqu'un va dire « Coupez ! » et où le décor va tomber. Mathilde l'a pourtant prévenu. Enfin, disons plutôt, elle le lui a prédit.

Tu ne peux pas continuer de fuir comme ça, tout ça va te rattraper un jour ou l'autre. Mais qu'est-ce que tu caches à la fin ?

Ils étaient dans un restaurant, ils avaient fini de dîner et une fois de plus, la conversation avait dérapé sur la vie à deux, l'engagement, les enfants. Non pas qu'elle y fût particulièrement attachée, mais son refus à lui, son obstination catégorique à l'envisager ou ne serait-ce qu'à en parler, la mettait en ébullition.

Elle était belle, entière, déterminée. Mon Dieu ce qu'il la désirait quand elle s'enflammait ainsi. Si la bienséance l'avait permis, il l'aurait prise aussitôt. Là, tout de suite. Mais il n'avait pas à regretter, il le savait. Tout à l'heure, dans ses bras, elle ne lui en voudrait plus, aurait tout oublié, elle serait douce, tranquille, domptée. Et lui aussi serait prêt à lui accorder ce qu'il s'interdisait de vivre.

Mathilde avait poursuivi :

Est-ce que je t'ai déjà expliqué ma théorie des jours de la semaine ?

Lundi, mardi… Vendredi…

Mathilde a beaucoup de théories qu'elle n'a aucune honte à dévoiler. Une façon bien à elle de voir la vie. Elle aime discourir sur le sens caché qu'on peut toujours, affirme-t-elle péremptoire, trouver à une chose. « Comme toi dans tes photos. C'est l'angle sous lequel tu les prends qui fait toute la différence. Parce que l'objet reste le même. Mais le regard que tu lui portes peut tout changer. »

Il a acquiescé, impatient de connaître la suite. Il aimait l'écouter. Sa voix, ses yeux, son corps le charmaient au fur et à mesure qu'elle s'emballait. Il admirait la vitalité et la sincérité de ses convictions.

Les rares fois où il l'a vue triste ou quelque peu amorphe, il a eu peur. Si peur que, chaque fois, il a prétexté une course à faire et s'est enfui. S'il lui arrivait quelque chose, il ne saurait pas la protéger. Il en est persuadé. Comme il est convaincu depuis toujours que la force dont son frère aurait dû disposer pour naître, grandir, lutter et vivre, c'est lui qui s'en est saisi. Il a été impardonnable de ne pas la partager. Il a été égoïste. Il l'est toujours. Pourrait-il donner à Mathilde ce qu'il a refusé à son frère ? Est-ce que l'on partage sa vie avec un égoïste ? Est-ce que l'on peut véritablement aimer un narcissique ?

Pendant qu'il accumulait des nœuds dans sa tête, Mathilde, sur sa lancée, a poursuivi :

Prenons les choses de haut, en grand, au regard de l'histoire de la Terre, en bougeant les proportions. Si, disons, l'humanité n'avait qu'un an d'existence, on pourrait tenter de synthétiser la vie d'un individu à l'échelle d'une semaine. Elle paraissait sérieuse, il l'entendait à sa voix. Elle s'exprimait plus lentement qu'à son habitude.

Il a dû délaisser ses nœuds, pour espérer la suivre sur son terrain.

Imagine que l'on puisse fractionner notre existence en espace : temps/action : une semaine égale une vie ou un jour égale une phase de notre existence.

Devant la moue dubitative de Jean, elle a ponctué son récit d'un « Attends, je t'explique, tu vas voir c'est tout simple ! », qui a fait sourire Jean. Rassurée, elle a enchaîné :

« Et donc pour commencer, le lundi correspondrait le temps de l'enfance, les jeunes années. Au mardi, celui de l'adolescence. Au mercredi, celui de la première phase adulte, l'entrée dans la vie active, le social. Au jeudi, celui de l'amour, la volupté, les plaisirs. »

En prononçant ces mots, elle a laissé traîner sa voix, sensuelle et provocante. Séduit, il lui a pris la main, l'a portée à sa bouche. Ils se sont souri. Et pour s'excuser de l'avoir interrompue, il a cru bon de rajouter :

Jusqu'ici, je te suis.

Elle a attendu qu'il continue. Il a fait l'idiot. Il ne voulait pas lui gâcher le plaisir de continuer sa démonstration. Elle a poursuivi.

Arrive donc vendredi. Et là, bel ami, ouvre bien tes oreilles, parce que celui-ci pourrait bien te concerner dans pas longtemps.

Une main derrière chaque oreille, prêt à supporter le choc de la révélation, il a fait mine de se redresser, inquiet, vigilant. Ce geste ne l'a pas distraite. Elle a continué sans s'interrompre. Elle connaissait ses facéties. Dans son magasin Bluff et compagnie, il en stockait tout une gamme, bien huilées, prêtes à l'emploi. Là où d'autres que lui auraient allumé une cigarette, bu une gorgée ou exécuté les deux mouvements à la fois, Jean, lui, faisait parfois le pitre. Quand le silence ne servait plus à cacher son embarras et qu'il était confronté à un sujet sérieux, il pouvait tout aussi bien se livrer à un fourvoiement de collégien.

Mathilde, elle, à ce stade, était déjà bien lancée.

Vendredi, certainement le jour le plus important de cette fichue semaine. J'ai nommé le jour *Hic*. Parce que c'est le seul qui peut encore tout changer.

Imagine que tu aies foiré tous les jours précédents. Lundi, mardi, mercredi et même jeudi. Enfance, adolescence, boulot, amours. Si ta responsabilité n'est pas engagée dans les deux premiers, plus ou moins victime de ton éducation et de ton environnement, elle l'est probablement dans les deux suivants, mercredi et jeudi. On ne peut pas toujours se cacher derrière le passé même si, je te l'accorde, tout est étroitement lié... enfin donc, même si, au cas où, tu as les quatre premiers jours les plus difficiles de ton existence, sache que tout n'est pas perdu ! Il te reste encore à vivre le vendredi. C'est la journée de la dernière chance, celle qui les rassemble tous. Le jour de Vérité.

Là, radieuse, elle a marqué une pause. C'était la première fois qu'elle exposait sa théorie, et Jean avait l'air accroché. Cette « revisitation » des âges de la vie tenait à peu près la route. Il attendait la sentence.

Elle a enchaîné.

Ce jour-là existe pour chacun au moins une fois dans une vie. Il nous est offert, c'est cadeau, un cadeau royal. L'occasion unique pour chacun de se regarder dans une glace sans fermer les yeux ni éteindre la lumière. Mais attention, il ne prévient pas. Quelques signes avant-coureurs, mais pour peu que t'aies des œillères, c'est le « scud » garanti. Il n'a pas d'âge non plus, enfin pas précisément… une préférence pour les 40/50 ans, mais ce n'est même pas sûr, ça peut même arriver beaucoup plus tard. Il dure peu. De un jour à plusieurs mois. Pas besoin de plus en fait, parce qu'en général tu ne l'oublies pas. Plutôt opportuniste, qui ne fait pas dans la dentelle. Il va souvent de pair avec une grande souffrance. Il suit parfois un grand deuil. On l'appelle aussi la maturité affective.

Elle a marqué un temps, scruté son visage et repris :

Parce qu'après le lundi de l'enfance, le mardi de l'adolescence, le mercredi social et le jeudi amoureux, quatre jours bien remplis de la vie d'un individu, il y a l'âge adulte. Le premier bilan. Comme une halte dans la vie où le temps s'arrête, où l'on se retourne derrière soi et où l'on fait les comptes. On se dit que le plus dur a été fait, on est content que ce soit fini. *Si jeunesse savait, si vieillesse pouvait !* On peut enfin penser à se reposer. Vendredi, fin de semaine, avant le week-end. Cette autre portion de vie qu'on peut encore espérer vivre, dont on souhaite profiter… Samedi, plein de promesses, pour les plaisirs, ceux qu'on n'a pas pris, pas saisis, remis à plus tard. Et puis dimanche, pour la sagesse et le repos. S'il reste encore assez de souffle, si le corps n'est pas vaincu.

Et d'ailleurs, est-ce que t'as déjà remarqué comme les gens sont taciturnes le dimanche soir, peu enclins ? Ils se disent c'est la fin du week-end, la fin des plaisirs, du repos ; demain y a école, c'est lundi, faut remettre ça. Il y a des tas de gens qui ne supportent pas le lundi. Demande-leur de te parler de leur enfance, tu verras. Et d'autres qui s'animent à partir du mercredi ou du jeudi. Le travail, les amis, les amours, ils sentent que le meilleur arrive. Le vendredi, le jour tant espéré, qui annonce le week-end. Et là, pour beaucoup, si la semaine a été bâclée, le week-end sera à l'avenant. Le samedi sera fastidieux et corvéable et le dimanche solitaire. T'as qu'à aller faire un jeu de photos dans les hospices ou les hôpitaux, si tu ne me crois pas.

Il avait applaudi, scandé « Une autre, une autre, une autre… » et l'avait embrassée.

Mais où vas-tu chercher tout ça, Mathilde ? Quel est ce neurone infatigable et perturbateur qui génère chez toi de telles pensées ? Tu sais que tu serais parfaite en femme gourou. Ils avaient ri encore et s'étaient embrassés avant de quitter la salle de restaurant, réconciliés.

Chapitre 10

Toujours attablé à la terrasse du café, Jean se remémore cette conversation. Le barman a emporté son verre vide et lui demande s'il veut autre chose. Il recommande une bière, non moins par envie que pour qu'on lui foute la paix et répète à haute voix « Le jour *Hic* ! Le jour *Hic* ! Le jour *Hic* ! *Hic, hic, hic…* »

Il mime un ivrogne, fait mine de se marrer et se rembrunit. Tu m'emmerdes Mathilde. J't'adore, mais tu m'emmerdes. Si c'est ça, ton vendredi et bien merci beaucoup, n'en jetez plus là-haut, ça va, j'ai pigé. Et puis je te signale que ton vendredi il tombe un lundi, c'est pas cohérent ton histoire !

Pas cohérent ? Tête d'ampoule va, rétorquerait-elle en lui ébouriffant les cheveux. Un vendredi ça tombe quand ça tombe et estime-toi heureux qu'il ne dure qu'une journée. Et même je vais te dire, si ça se trouve, ça tombe un lundi parce que justement, c'est ce jour-là de ta vie qui coince le plus, ton enfance, le grand secret. Ouvre les yeux et accepte l'évidence. Arrête de résister et fais tomber l'écran que tu as dressé entre toi et le monde. Tout peut encore changer. Si Jean avait Mathilde en face de lui, à cet instant, sûr qu'il perdrait les pédales.

« Qu'est-ce qui peut changer au juste ? Hein dis-moi, qui es-tu pour le prétendre ? Mon lundi, comme tu dis si bien, avait un prénom. Un prénom, un sourire, une voix, un avenir. C'était mon frère. Pas un concept, ni un foutu programme, ni même une spéculation, mais mon frère. Et il est mort, incinéré, compacté. Tu entends Mathilde, mort. Définitivement mort. »

Peut-être même qu'il exhiberait la photo, qu'il la brandirait sous ses yeux et qu'il serait heureux qu'elle en soit choquée. Le barman vient de déposer la bière. Jean regarde la mousse se tasser, il n'y touche pas. Il est en colère après Mathilde. Ce n'est pas la première fois. Elle en a le don. Plus d'un an que c'est comme ça. Miraculeux et difficile. Doux et survolté.

Démonstration du jeudi de l'amour.

Leur rencontre s'est produite, comme la plupart des rendez-vous de la vie, à leur insu, sous l'effet d'un parfait hasard, à l'occasion d'une fête improvisée, tardive et enivrée. L'amie d'une amie qu'on ne remarque pas au premier abord, que l'on recroise plus tard dans la soirée et à qui on offre de prendre un verre. Avec qui l'on se trouve des affinités, des points communs et presque autant de différences.

Lui si réservé, si renfermé, coincé par les fantômes de la souffrance et elle, si entière, si péléenne, si vivante. Pour tous ceux qui les connaissent bien, une alliance qui resterait dans les annales du grand livre de l'amour au chapitre « Mystères et secrets : quelques cas rares. ».

Leur association allait être celle d'une tête et d'un cœur, deux arcanes essentiels piégés dans un même univers, qui allaient devoir apprendre à cohabiter, animés d'un même besoin, celui de faire vivre dans l'harmonie le corps qu'ils étaient en train de composer.

Une alchimie que nul n'aurait pu prédire ni empêcher.

Parce que la nature de Mathilde lui interdit de reculer devant ce qui s'offre à elle et l'exhorte à insuffler la vie. Au risque souvent de déplaire. Et parce que la nature de Jean l'oblige à rechercher l'énergie qui lui fait défaut et à s'en abreuver. Comme une racine dont la croissance s'est arrêtée. Comme des surgeons en attente, tenaces.

Enfin parce que Mathilde sait si bien, depuis toujours, convoquer le bonheur, rire et chanter, elle saura rallumer la flamme qui vacille au creux de Jean.

Leur histoire a commencé ainsi, par jeu, par défi, comme une joute.

Jean a demandé à Mathilde, innocemment :
- Et donc, tu fais du théâtre ? Tu joues la comédie ?
- Je dirais plutôt que je fais rêver les gens. J'habille leur quotidien. J'y mets de la couleur et du relief. J'invente un autre présent.
- Jamais dans la réalité alors ? Quelle chance !

Mathilde a aussitôt engagé les hostilités, provocante :
-Parce que toi oui, peut-être ?

Jean s'est faussement indigné :
- Mes photos sont la réalité.
- Tu parles, une réalité figée, placardée, sans mouvement. Arrêtée en pleine course.
- En tout cas ce n'est pas du jeu, je ne mens pas, je donne à voir.
- Tu donnes à voir, ah vraiment ! Mais pour un sujet, souvent, on ne voit qu'une seule photo, il manque toutes

celles d'avant et celles d'après. Quel bel exemple de rétention ! Si ce n'est pas du mensonge, c'est quoi ?

Il n'a pas voulu engager le débat. Il en connaissait trop la vanité. Cela ne les aurait menés nulle part. En guise de soumission implicite, il a levé sa coupe :

-On trinque ?

Et c'est à ce moment que tout a commencé.

Derrière leurs verres levés à hauteur de visage, il l'a regardée droit dans les yeux et il est resté accroché. Il y avait une telle lumière, une telle malice.

Elle a soutenu son regard.

Ils se sont compris.

Elle l'a questionné :

-Tu es venu seul ?

L'interrogation continuait le jeu. Elle appelait une réponse qui aille dans ce sens.

Elle le provoquait.

-Non, avec mon appareil, tu te doutes bien. La seule femme de ma vie. Qui pourrait vouloir d'un voleur d'images ?

Elle a ri. Ça a fini de l'achever. Un vrai rire de gorge. Profond et sonore. Qui l'a rempli de joie, qui s'est propagé partout en lui.

-Un cow-boy solitaire, seul de par le monde, légèrement misanthrope, si je ne me trompe…

-Pas du tout, bien au contraire, belle émeutière. Il faut sacrément estimer ses contemporains pour, au bout d'une dizaine de photos, tenter de révéler en une seule le meilleur d'eux-mêmes. Je suis sûr que même avec toi, j'y arriverai…

-Hum, je vois, sûr de lui l'artiste ! Pétri de certitudes.

-Moi, des certitudes ! Détrompe-toi, je ne crois en rien, pas même en moi.

-La névrose de l'artiste alors ! Et à l'amour, tu y crois ?

La question l'a surpris

Il en est resté muet

Il a cru s'en tirer par une pirouette et a pris un air inspiré pour finir par dire :

-Ça mérite réflexion.

Cette remarque qui invitait à changer de sujet a déclenché la controverse. C'était mal connaître Mathilde que de vouloir lui échapper de cette façon. Elle aimait pousser les gens dans leurs retranchements.

-Ah ça ! Si tu commences à raisonner, on est mal barré. Aimer c'est tout le contraire…

Il a essayé de feindre :

-T'as l'air de t'y connaître, un doctorat peut-être ? Diplômée certifiée conforme.

Elle a fait fi de cette dernière remarque et a continué comme si elle ne l'avait même pas entendue.

-Aimer c'est le cœur, le lâcher-prise… le souffle, l'essence, la vie. Je ne crois pas qu'il y ait quelque chose au-dessus.

La conversation tournait au sérieux.

Ça l'intéressait d'avoir son opinion. Peut-être que s'il avait su, s'il avait prévu la suite, il l'aurait détournée, ils auraient dansé, il l'aurait séduite, développant pour elle des photos dont elle ne soupçonnait pas qu'elle puisse en être le modèle, mais il avait dit :

-Au risque de… ?

-Au risque d'être aimé en retour…

-Et de souffrir…

-Et de souffrir, oui. Ou d'être aimé en retour…

Il avait eu l'air grave en répondant :

-Ça ne dure jamais longtemps. Tu ne crois pas que…

Elle l'a interrompu. Elle détestait la fatalité, n'y croyait pas et avait des arguments.

-C'est sûr, passé la lune de miel, le vrai défi commence. Parce que personne ne pense jamais qu'après être tombés amoureux, il faut apprendre, ensemble, à se relever amoureux. Et voir l'autre de toute sa hauteur, des pieds à la tête…

-Aïe !

-Oui, tu peux le dire. J'ai écrit un sketch là-dessus. Je te le fais, vite fait, si tu veux ?

Il a souri. De toute façon, elle n'attendait pas de réponse.

-J'entre, je vois l'autre, je tombe en pâmoison, je me roule par terre, je mime la copulation infernale, torride, diabolique, sensuelle, passionnée… Je gémis, j'apostrophe « Mon amour, mon chéri, soleil de ma vie », les gens aiment beaucoup qu'on singe les prologues amoureux… Et puis, passé quelques minutes qui sont censées représenter les 6/12 mois réglementaires, je me relève, je réajuste mes lunettes, je prends du recul, je lisse mon chemisier, me recoiffe et je regarde à nouveau l'autre. Aussitôt je manque de retomber par terre, mais pour cette fois-ci m'enfouir la tête dans le sable. C'est que mes phéromones rassasiées, il a d'un seul coup moins fière allure l'étalon. Et c'est quoi ce drôle de tic-là, cette façon de toujours terminer ces phrases par quoique ? Quoique, quoique, quoique… Répète-le souvent, tu verras l'effet que ça fait. D'abord ça perd tout son sens et après ça t'énerve. Quoique quoi ? Mais dis-le, vas-y, dis-le ? Il a répété. S'est emmêlé les pinceaux. A songé qu'elle n'aimerait peut-être pas son tic à lui « Sûr, sûrement, pour sûr » qui ponctuait facilement le début ou la fin de ses phrases.

Il a acquiescé :

-Je vois. Très drôle en effet. Et donc on ne se relève jamais d'être tombé amoureux ?

-Si, mais ensemble et…

À cet instant, elle l'a regardé. D'une drôle de façon. Loin en dedans. Une émotion a étreint Jean. Comme s'il était tétanisé et en même temps, comme si tout se réveillait en lui, comme s'il sentait chaque cellule de son corps s'enhardir. Elle a posé sa main sur sa joue, un geste d'une incroyable douceur et elle a dit :

-Et si on essayait nous deux, un bout de chemin ? Tu me laisses rentrer dans ta vie, je t'ouvre la mienne.

Cette fille était dingue, elle avait vu trop de films, joué trop de rôles, endossé trop de costumes. Elle bluffait. S'il la prenait au mot, elle allait lui rire au nez et lui dire : « Je t'ai bien eu ». Mais sa main lui a caressé la joue. Et avant qu'il n'ait pu réagir, elle l'a embrassé. C'est alors qu'il a pour la première fois humé son parfum.

Totalement enivré, il s'est senti en danger et a murmuré.

-Je ne crois pas être capable ni même avoir envie d'une grande histoire.

Elle a souri.

S'est encore rapprochée et a murmuré à son tour :

-Je crois que l'histoire a déjà commencé, malgré toi. Et puis, on s'est embrassés…

Jean a eu un instant de recul.

Presque de colère.

-Tu vas toujours aussi vite ? Tu ne réfléchis jamais ? Tu crois que tu peux prendre d'assaut quelqu'un comme ça ?

Mathilde a continué, à peine surprise.

-Je crois à ce que je ressens et depuis un petit moment déjà, je reconnais ce qui se passe à l'intérieur de moi, je suis à l'écoute. Mon ventre est mon baromètre. Et il t'appelle…

Un silence a suivi, les enrobant tout entier. Mathilde sentait Jean se débattre, hésiter, visiblement troublé. Leur dialogue devint encore moins qu'un murmure. Un souffle de mots errant entre des grands blancs.

-Et ce que je veux moi, tu en fais quoi ?

Mathilde s'est encore rapprochée. Jean sentait son haleine qui faisait frissonner sa joue.

-S'il y a un écho en moi, c'est qu'en face il y a un langage. Je n'invente rien, je t'assure, je crois en ce que je ressens. C'est comme ça, depuis la nuit des temps.

-Mais moi je ne sais pas, je ne suis pas certain que…

Un doigt sur ses lèvres, elle l'a interrompu. Si Jean ne s'était pas contrôlé, il l'aurait sucé.

-Alors, essaie. Si tu n'es pas sûr, c'est que tu as un doute. Est-ce que tu peux renoncer sans savoir ? À moins que tu ne veuilles passer le reste de ton existence à te demander si tu aurais dû dire « oui » ou « non », tenter l'expérience.

-Tu es si sûre de toi. J'ai besoin de savoir par moi-même… Jean a dit cela avec un tel désarroi que Mathilde a perdu patience. Il fallait réagir.

-Et ça va prendre combien de temps ? Toute ta vie, n'est-ce pas ? Tu es capable de t'emmêler les neurones pendant des siècles avant d'être sûr, parce que sûr, personne ne l'est jamais… Ou alors du fond du ventre, mais jamais dans sa tête. Trop de *Monsieur Bulbe*, crois-en mon expérience.

Jean a été surpris et soulagé en même temps.

Un nouveau round s'offrait à eux.

La grande émotion s'était dissoute.
-*Monsieur Bulbe* ?
-Oui, tu sais, cette petite voix assassine qui veut à tout prix te remettre dans le droit chemin sous prétexte de tout diriger, qui s'effraie de tout, ne croit à rien qui ne soit cent pour cent vérifiable, adaptable, adéquat, parfait. Comme si le bonheur parfait, l'autre parfait existait vraiment. L'antidote du bonheur, *Monsieur Bulbe*, un emmerdeur de première qui tue la poésie et l'imaginaire, le rêve et la fantaisie…
-Un garde-fou, en somme ?
-Un emmerdeur, ni plus ni moins. Qui te fait tourner en rond cent ans avant de prendre une décision et qui te convainc, même quand tu es malheureux de l'avoir prise, que tu as bien fait, que c'était mieux, qu'on ne sait jamais, qu'il faut se protéger, que le cœur est trop faible, que tu vas encore morfler, que le rêve c'est pas la réalité et qu'on est dans la vie et pas dans un film… Je suis sûre que tu vois de quoi je parle.

Il a bien été obligé d'acquiescer.

Ce que Jean ne saurait jamais, c'est qu'il avait fallu à Mathilde une grande force intérieure, des heures de mauvais sommeil et des pages noircies à l'encre pour faire taire ce *Monsieur Bulbe* dont elle disait aujourd'hui s'être affranchie.

Mathilde avait été une enfant gaie, pleine d'appétit et d'originalité, des étoiles dans les yeux et des sourires jusque dans chaque grain de peau.

Instinctive, entière, passionnée et convaincue d'avoir été, dès la naissance, baptisée par les anges. Ce que ses parents n'avaient jamais voulu contrarier. Un tel incipit dans la tête d'une enfant, capable encore de croire au génie de la vie, il ne fallait pas le gâcher. Mais au contraire l'encourager.

Elle disait les avoir vus danser autour d'elle dans ses premières heures, à la maternité. L'un d'eux lui avait même demandé d'ouvrir les yeux. Ce qu'elle avait fait docilement. Il avait fait briller une flamme, l'avait passée sous son regard. Alors le jour était entré et la lumière avait jailli. Dans le même temps, un autre avait posé ses deux pouces sur chacune de ses joues, prononcé quelques bénédictions inaudibles, retiré ses doigts, soufflé sur le creux qu'on appelle fossette et avait attendu. Celles-ci s'étaient estompées. Et les anges avaient disparu.

Dès quinze mois, elle avait su parler. Son premier mot et les suivants furent « Oui ». Ni « Ma » ni « PA », comme à peu près tous les enfants, mais d'abord « Oui ». Elle disait : « Oui, merci », à sa mère qui lui demandait si elle avait bien dormi. Elle disait : « Oui, encore », à la proposition de boire un autre biberon après le premier englouti avec trop de rapidité. Et elle dit « Oui », tout court, une troisième fois ce jour-là à la question : « Est-ce que tu veux faire la sieste ? » Sept semaines plus tard, elle avait fait ses premiers pas. Seule. Au bras qui venait de la déposer à terre, elle s'était raccrochée pour se relever aussitôt. Elle l'avait maintenu avec fermeté, quelques instants, composant dans ce geste de quoi réunir toutes ses forces et d'un coup s'était élancée. Elle avait réitéré l'expérience, trois pas incertains, avait paru vaciller, s'était stabilisée les bras en croix, avait regardé droit devant et était repartie pour de bon. Elle avait fait le tour de la pièce où elle se trouvait, s'accrochant çà et là à un pied de table ou de chaise, frôlant un mur, semblant suivre un chemin qu'elle avait répété depuis longtemps dans sa tête. Son périple réussi, elle était revenue vers le bras qui se tendait, prêt à la porter en triomphe, avait dit « Non, merci ».

Et avait continué son chemin.

Elle avait trébuché encore un peu, fait quelques embardées et de jolies cascades, mais ne s'était pas lassée de conquérir son nouveau territoire.

Sa mère racontait qu'elle avait souri tout le long de ses investigations et que, dès lors, elle ne s'était plus rassise que par obligation. En classe, pour manger ou devant un adulte qui le lui demandait expressément.

Jusqu'à ce que *Monsieur Bulbe* intervienne, Mathilde avait grandi parmi ses rêves, cru aux fruits de son imagination. Libre encore des contraintes de la raison, de la logique, de la morale et de la sacro-sainte réalité de ce monde qui croyait plus à ce qu'il voyait qu'à ce qu'il ressentait. Il s'était présenté, quelques jours avant ses premières règles.

Elle allait avoir 12 ans.

« Je suis ton hôte. Tu ne me connais pas encore, mais j'habite en toi. Depuis toujours, je suis là. Je t'ai vue naître, je t'ai vue grandir. Je t'ai laissée t'épanouir, faire tes preuves, vivre ta logique. Je me suis tu. Aujourd'hui ton corps change, tu deviens femme, tu vas vers de nouvelles épreuves, de nouvelles conquêtes et j'apparais. Je suis ton côté sombre, ton double différent. L'envers de tes assertions, de tes égarements, de ton ambiguïté. Je suis *La question* et *Le choix*, et même parfois les deux. Ton jumeau, ton second moi. Je suis le trublion. »

Et c'était foutrement vrai. *Monsieur Bulbe* s'était vite avéré n'être qu'un enquiquineur. Pas drôle du tout. Et qui plus est, dangereux. Un étranger infiltré à l'intérieur d'elle-même qui voulait tout régenter. Véritable despote du plaisir. Peut-être même son pire ennemi.

Elle avait tenté des mois durant de reléguer ce *Monsieur Bulbe* au fin fond d'une case mémoire cadenassée et sous-titrée : « Prise de tête assurée, ne pas ouvrir ». Elle avait découvert le moyen de le faire taire et d'éradiquer ses mauvaises pensées. Elle avait appris à lui dire tout bonnement « Tais-toi ! » et même plutôt « Ta gueule ! »

Les premiers temps, il avait fallu hausser le ton, serrer les poings et répéter l'invective.

Mais à présent, dès qu'elle l'entendait avancer la moindre opinion, elle disait « Stop. Va voir ailleurs si j'y suis ».

À quoi il répondait, invariablement :

-Têtue que tu es. Tu ignores où tu vas. Tu cours comme ça, droit devant, sans réfléchir. Écoute-moi au moins.

Elle l'arrêtait aussitôt.

-Espèce de jaloux, mauvais coucheur, va chanter tes louanges à d'autres. Je ne ferai que ce que je sens, en fonction de mes besoins et non plus de tes doutes.

Monsieur Bulbe, que d'aucuns surnommaient *La petite voix* ou *Voix de la raison* ou *L'autre moi*, allait devenir un personnage caricatural de ses pièces. Un personnage qu'elle démolirait avec acharnement, convaincue que si elle lui laissait, ne serait-ce qu'un pouce d'envergure, il la ferait tourner dingue pour longtemps.

Elle avait pu contempler les dégâts qu'il occasionnait dans la tête des gens. À la sortie du théâtre, le public venait lui dire qu'eux aussi avaient eu des démêlés avec ce *Monsieur Bulbe*. Ça expliquait souvent leur choix, il en était mécontent, mais n'y avait jamais pensé auparavant. Peu de personnes en effet résistaient à ce marteau-piqueur de l'esprit. Tout simplement parce qu'il se nourrissait de leurs peurs et de leur manque de confiance. Il fallait de la persévérance pour en venir à bout. Et puisque Mathilde avait su elle-même le vaincre, elle était certaine que Jean réussirait lui aussi un jour.

Une année était passée depuis leur première rencontre. Passionnée et passionnante, faite d'amour et de cris, de ruptures et de réconciliations.

Chacun prenant la mesure de l'autre.

Il y avait eu les chagrins et les manques. Les mensonges et les lâchetés de l'un face aux impatiences et aux fougues de l'autre. Cette satanée indépendance que personne ne veut lâcher, l'un dans son silence, l'autre dans sa verve ! Ces petits jeux de pouvoir qui mettent en scène des scénarios cent mille fois éprouvés partout dans le monde. « Si tu souffres, alors je ne souffre pas. Si tu pars, ne reviens pas. Fuis-moi je te suis, suis-moi je te fuis ». Chacun prisonnier de ses propres sortilèges.

Chapitre 11

Tout seul assis à la terrasse de ce café, Jean est soudain pris de vertige. Il se sent fatigué. Une douleur monte en lui. Elle appuie sur son plexus. Il étouffe. Il transpire. Il a soif. Péniblement, il demande au barman de lui apporter un verre d'eau. Ce dernier lui jette un regard étrange, devine qu'il est près de tourner de l'œil. Jean se sent nauséeux, il cache son visage dans ses mains et d'un seul coup se met à pleurer.

Il a honte, mais ne peut pas s'en empêcher. Il garde la tête baissée et au fur et à mesure que les larmes se déversent, son angoisse se dissout.

Il pleure ses parents, son frère, l'oncle Émile, Mathilde et même *La Zazou*. La réalité et le poids des journées sans soleil. Il regretterait presque ce fameux jeudi qui vient au moins une fois dans chaque vie frapper à la porte des cœurs et demander s'il y a réellement quelqu'un. Car il y a toujours quelqu'un. Même si c'est vrai qu'après être tombé amoureux, il est douloureux de se relever. Elle lui avait dit pourtant : « Il faut être deux, au moins deux avant d'espérer devenir trois. »

Il avait tiqué, s'imaginant que le piège de l'enfant allait se refermer sur lui, et répété, bêtement :

-Trois ?

Elle avait ri devant sa mine déconfite :

-Gros bêta ! Toi, moi et nous, tout simplement !

Il avait répété, soulagé :

-Bah oui… tout simplement !

Jean a soudain conscience qu'il n'est même pas un. Désincarné depuis trop longtemps. Piégé dans son lundi. Comment saurait-il être deux ou même trois ?

Alors comme le ferait un enfant, il s'essuie le visage avec sa manche et se redresse. Il faut être souple, il s'y essaie depuis le début. Pour ne pas rompre, baisser la tête, laisser au temps le temps de faire son boulot, même si on ignore combien ça dure.

Parce qu'il est difficile de croire et lent de transformer. C'est vendredi. Son vendredi. Mathilde le dit et peut-être même commence-t-il à la croire.

Un énorme point d'interrogation s'est planté en lui et lui donne l'impression d'avoir avalé une mauvaise surprise. Des questions fusent. Énormes, idiotes, répétitives, contradictoires. Et restent sans réponse.

Est-ce que toute sa vie n'est qu'une imposture ?

Est-ce qu'il fuit la réalité ?

A-t-il peur de ses émotions ?

Saura-t-il un jour ce qu'aimer veut dire ?

Est-ce qu'il resterait, si Mathilde ne le retenait pas ?

Est-ce qu'il en a le droit, le pouvoir, la force ?

Est-ce que Mathilde est une chance ou un piège ? Les bras si doux, mais le verbe si haut.

Le désordre de sa tête le fait presque sourire. Jolie création de désarroi, un vrai patchwork à la *Monsieur Bulbe*.

« Vite, dirait Mathilde, un grand sac-poubelle. Vire-moi tout ça. Ce n'est pas tant les questions qu'on se pose ni même les réponses qu'on trouve qui sont importantes, mais le chemin parcouru. Viens mon amour, allons-nous promener, tu en as vu d'autres, ailleurs. Tu connais le prix de la vie, ne la gâche pas. Je t'aime, mon amour, viens… ».

Si elle apparaissait, là, tout de suite, et qu'elle le prenait par la main, est-ce qu'il la suivrait ?

Cela ne fait aucun doute. Parfois elle le fait penser à ce photographe sous-marin, l'ami des poissons, David Doubillet. Considéré comme un magicien parmi ses pairs, on prétend qu'il parle aux poissons et peut obtenir d'eux ce qu'il veut. En témoigne une photo assez extraordinaire, où seul au milieu de plusieurs centaines de barracudas il leur fait exécuter, tel un maître de ballet, une ronde parfaite. Dans un tourbillon noir sur fond bleu, le rendu est féerique.

Mathilde, ma sirène, parle-moi encore, raconte-moi des histoires… Emmène-moi, mais ne me lâche pas ! Il se souvient qu'elle lui a dit qu'il était un tricheur.

À propos de son métier, toujours.

« Exhiber une seule photo pour donner à voir un sujet et occulter les autres, mais, pour une seule photo, il manque celles d'avant et celles d'après s'était-elle indignée, celles qui font la chair, le sang, les cris, les drames, les joies… L'épaisseur d'un mois, l'amplitude d'une vie. Les photos ne sont que des témoignages isolés, surpris, déconnectés. Tout ce qu'on ne peut pas voir, ce que tu n'as pas pris, est ce qui a compté le plus, inscrit dans la chair. Cette chair gorgée de mémoires qui n'en peut plus de se remémorer, hantée par les années. Des frissons, des sursauts, des larmes, des pincements, des émois, autant de coups donnés aux cœurs et qui ne se verront jamais sur aucune pellicule. Qui sait, pour chaque tirage, quelles ont été les épreuves, le positif, le négatif, l'instantané ? Quel temps de pause dans le bain révélateur, à trahir les ombres, renforcer les blancs, jouer les contrastes ? La chambre noire recèle tant d'inévitables secrets. Au final, la photo donne à voir un résultat figé dans l'instant, stoppé en pleine course. Elle oublie les nuances successives qui l'ont façonnée, les émotions qui l'ont révélée ».

Et elle avait raison, entre tous ses clichés, ses milliers de photos prises dans sa vie, il avait vécu. Il était le seul aujourd'hui à pouvoir se repasser le film, l'unique, le vrai, celui qui fait le lien entre deux souvenirs sur papier glacé. Comment réduire la vie de *La Zazou* à cet instant d'un après-midi de novembre ? La vie de tant d'inconnus, à un regard volé ?

Comment a-t-il pu enfermer son frère dans ce vulgaire carré de Polaroïd ? Ne se souvenir que de ça ? Ne plus s'attacher qu'à cela ? Comment oublier les heures passées avec lui, même si c'était là-bas, derrière sa bulle, à l'hôpital ? Il n'y a pas si longtemps. C'était hier, aujourd'hui, maintenant. Là, tapi quelque part en lui. Mon Dieu ce que ça fait mal.

Il s'approche. Son frère est là, tranquille, réveillé, patient. Et Jean lui parle, inlassablement, de Peluche *qui a encore fait des siennes, des questions qu'il pose et de toutes les réponses qu'ils inventent. Puis l'infirmière arrive, et avec elle la ronde des soins. Le charme se rompt. Jean repart. Son frère se couche. Les jours passent et un après-midi, sans que Jean le sache, alors que peut-être il joue, mange ou apprend, la bulle éclate, l'air s'envole et son frère a peur. Peut-être même qu'il pense à Jean, l'appelle, s'essouffle, respire une dernière fois et ferme les yeux. Il a cessé d'attendre. Il a passé son tour, donné sa place. Plus tard les flammes le consument et alors Jean renonce. Une moitié de son être se consume encore dans cette crémation, rien n'apaise jamais la brûlure, le chaos entre en lui, un ouragan dévastateur et trente ans après, quand il y pense, il a encore dix ans....*

Chapitre 12

Jean se lève, groggy. Il n'est plus en colère, mais vidé. Il n'a jamais autant repensé à tout cela. Il croyait avoir oublié, mais tout est resté très présent : les odeurs, les images et même la souffrance. Une nécrose en gestation, repliée dans un coin depuis lors et qui au lieu de s'atténuer au fil des années s'est au contraire rigidifiée, compressée, et a gangréné.

Il ressent le besoin de marcher. Vite. Loin. Beaucoup. Ailleurs. Devant lui. Alors il marche. Comme un automate.

Pour ne plus penser. Pour ne pas pleurer.

Il descend l'avenue des Gobelins, bifurque sur le boulevard Arago, longe le mur de la Santé, ralentit, écoute. Un piaf vient de sortir la tête et pépie gaiement. Il était niché dans un trou, entre deux pierres. Il accompagne Jean quelques pas. Puis Jean tourne à droite, rue du Faubourg-Saint-Jacques.

Quelques mètres de plus et le porche d'entrée de l'hôpital Cochin-Saint-Vincent-de-Paul est là. Jean hésite à peine et entre. À l'accueil, protégées derrière un plexiglas, deux femmes sont en grande conversation.

Jean s'excuse :
-Pardon, le service cardiologie, s'il vous plaît ? Chambre 122.

Sans relever la tête et de conserve, les deux femmes répondent laconiquement :
-Tout de suite à droite, suivez les lignes bleues, en pointillé, sur le sol. C'est au bout.

Jean remercie, baisse la tête et suit les traces. Droite, gauche, droite, et puis gauche encore. Un autre hall. Des noms en gros écrits sur un panneau au mur. Hospitalisation. 2e étage. Soins intensifs. 1er étage. Service du professeur Papillon.

Le message d'Henri n'indiquait pas de caractère d'urgence, Jean opte donc pour l'espoir, grimpe au second étage, se repère dans les couloirs et s'arrête devant la chambre.

L'odeur des lieux lui est familière et remonte d'un coup. Il pensait que ce serait plus douloureux, mais c'est presque un parfum. Il le reconnaît. C'est un mélange indéfinissable de plusieurs produits, émanations et essences. Pharmacie, javel, mauvaise haleine, peurs, combats, secrets, chuchotements. Une curieuse alchimie. Et au lieu de l'anéantir, elle le rassure. S'il y a odeur, même aussi médicalisée et prévisible que celle-ci, c'est qu'il y a la vie. Encore, un peu. Parce qu'à la morgue,

Jean s'en souvient, il n'y a plus rien. Juste le froid et le vide. Et l'évidence. Muette.

La porte est entr'ouverte, il hésite à frapper, passe la tête, jette un œil, timide, un peu inquiet et l'aperçoit.

Isabelle dort.

Il pénètre à petits pas, retient son souffle, il ne veut pas la réveiller. Il préfère qu'elle ouvre les yeux et le trouve assis comme un ami venu veiller sur elle.

Il ne craint pas d'être importun. S'il l'a cherchée, c'est qu'elle devait l'attendre, dirait Mathilde. Tout simplement.

Il s'assoit dans le seul fauteuil disposé à la droite de sa tête de lit et l'observe. Il la découvre en fait, sans son masque de poussières, les traits détendus, les cheveux lavés.

Elle est belle. Le visage doux et encore jeune. La rue n'a pas encore commis trop de dégâts.

Il en éprouve un profond soulagement.

Peu à peu, l'atmosphère de la pièce, le silence de l'étage et sa présence *incognito* lui procurent une espèce d'euphorie. Pour la première fois de cette journée, il se sent en paix.

Sur la table de chevet sont posés une brosse à cheveux, un stylo, un verre rempli à moitié et une carafe d'eau. Sous la carafe, une revue ouverte attire son attention. Des phrases ont été surlignées, des paragraphes pointés d'une croix, la page de droite elle-même a été cornée.

Jean s'en saisit, s'enfonce un peu plus dans le fauteuil et commence à lire :

Une vraie rupture est quelque chose sur quoi on ne peut pas revenir, qui est irrémissible parce qu'elle fait que le passé a cessé d'exister.

Le concept de ligne de fuite a été élaboré par Félix Guattari et Gilles Deleuze qui distinguent au sein de nos vies : la ligne dure, la ligne souple et la ligne de fuite. Les lignes dures sont celles des dispositifs de pouvoir. Tant que nous restons sous leur contrôle, nous nous contentons de passer de l'école à l'université, puis au salariat et enfin la retraite. Les lignes dures nous promettent un avenir, une carrière, une famille, une destinée. Les lignes souples sont différentes, mais voguent autour des lignes dures sans les remettre en question. Par elles, on s'immisce au cœur d'un univers : petits refus de respecter le règlement ou le Code de la route, grèves ponctuelles, cours séchés. D'un passage par une ligne souple, tu reviens rapidement sur la ligne dure : tout rentre dans l'ordre.

Et enfin il y a les lignes de fuite, et de celles-ci nous ne revenons jamais au même endroit. Les lignes de fuite ne définissent pas un avenir comme les lignes dures ou les lignes souples, mais un devenir. Il n'y a pas de programme, pas de plan de carrière possible lorsque nous sommes sur une ligne de fuite. « On est devenu soi-même imperceptible et clandestin dans un voyage immobile. Plus personne ne peut rien pour moi ni contre moi. Mes territoires sont hors de prise, et pas parce qu'ils sont imaginaires, au contraire, parce que je suis en train de les tracer. » C'est notre ligne d'émancipation, de libération. Elle est le contraire du destin ou de la carrière. Et c'est sur une telle ligne que je peux enfin me sentir vivre, me sentir libre.

Jean interrompt sa lecture.

Isabelle s'est retournée sur le côté pendant dans son sommeil. Elle a tiré sur le drap jaune de l'hôpital pour se couvrir jusqu'au cou.

Maintenant elle lui tourne le dos et ronfle légèrement.
Il sourit et reprend sa lecture.

Et pourtant si Félix et Gilles définissent trois lignes – et non deux –, c'est bien pour nous garder de tout dualisme. Il n'y a pas d'un côté les méchantes lignes dures et de l'autre les bonnes lignes de fuite. Prendre une ligne de fuite ne signifie pas « prendre la bonne voie », mais « expérimenter ».

Ensuite les lignes de fuite sont les plus dangereuses parce qu'elles sont réelles et pas du tout imaginaires... Ce sont les lignes souples qui sont imaginaires : rêveries, fantasmes, ragots, utopies révolutionnaires,... Avant de suivre une ligne de fuite, il faut pouvoir la tracer. Sinon cela peut nous mener à la catastrophe : paranoïa, suicide, overdose, hôpital psychiatrique, solitude, alcoolisme ou dépression...

Quand Jean émerge, vingt minutes plus tard, il est un peu engourdi. Il se rend compte qu'il s'est endormi et que c'est Isabelle à présent qui veille sur lui. Il comprend que c'est sa voix qu'il a reconnue dans son rêve. Il pensait que l'histoire faisait partie du rêve. Mais la réalité lui sourit bien plus gentiment. La voix ne s'est pas interrompue :

... Enfin, dans nos vies, toutes les lignes sont entremêlées. À la multitude des dispositifs de pouvoir correspond une multitude de lignes dures autour desquelles se tortillent une myriade de lignes souples. Et à chaque dispositif une multiplicité de désertions est possible... Nos lignes de fuite progressent au sein de nos expériences...

Isabelle a laissé la revue lui glisser des mains et a fermé les yeux un instant. La lecture semble l'avoir épuisée, elle reste un bon moment sans rien dire. Derrière ses paupières, Jean imagine les lignes se dresser devant elle. Il se demande si elles convergent toutes vers l'horizon en un point fixe qui pourrait enfin les réconcilier ou si au contraire elles s'écartent, s'emmêlent ou s'arc-boutent.

Lui-même ne sait plus trop sur laquelle il joue au funambule depuis tant d'années.

Il n'a pas le temps d'y penser, car Isabelle a rouvert les yeux et le regarde chaleureusement :

-Vous êtes revenu ?

La question ne le surprend pas.

Il se demande même si elle ne l'attendait pas pour pouvoir la lui poser.

Il sourit et de son blouson tire la photo qui ne le quitte pas depuis ce matin

Il la lui tend presque heureux.

-Je vous ai cherchée, vous savez.

Elle lève un sourcil interrogateur et fait mine de regarder l'heure à son poignet comme pour lui dire « Vous ne seriez pas un peu en retard… »

-J'ai eu des petits soucis, dit-elle en désignant l'endroit d'un geste large. Fausse alerte. Le cœur en panique, fatiguée, trop secouée. Quelques jours de vacances au frais de la princesse. L'hiver est un peu rude.

Jean ne sait pas quoi répondre.

-Ne faites pas cette tête… C'est pas si grave. *La Zazou* n'a pas dit son dernier mot. On s'occupe bien de moi, ici.

Jean est surpris.

Il reconnaît l'espoir dans ces mots.

Il voudrait y croire. Que cette journée ne soit pas vaine. Il l'interroge :

-Alors, vous allez rester un peu ? Vous êtes bien ici ?

-Je ne me plains pas. Il y a de bonnes lectures. Il se pourrait que je prolonge un peu, oui... Et vous, vous reviendrez ?

Jean ferme un instant les yeux, troublé. Elle semble avoir repris des forces. Il ne sait pas ce qu'il a à lui donner, mais elle, elle a l'air de le savoir.

Il s'entend répondre, étonné :

-Si je peux vous aider ?

-M'aider ? Je ne sais pas, vous êtes venu, c'est déjà beaucoup. Peut-être en étant heureux. La dernière fois que l'on s'est vus, vous ne sembliez pas heureux. Je sais que mon histoire a fait écho en vous, sinon vous ne seriez pas là. Vous n'êtes pas juste un photographe, les images se gravent en vous. J'imagine que depuis, vos lignes se sont un peu emmêlées...

Jean sourit, se tait, hausse les épaules, ravale une émotion. Le tout dans une grande confusion. Il est bluffé. C'est elle qui a besoin, et c'est elle qui donne. Il est venu lui rendre sa photo. Son sourire. Elle lui en donne d'autres en échanges.

Cette fois-ci, il ne peut se cacher derrière son Leica, alors il les reçoit de front. Il est ému.

Il finit par dire, courageusement :

-Vous aussi, vous le pouvez encore... Être heureuse. Vous semblez même être en bonne voie, ça me fait vraiment plaisir. Je...

Un homme vient de faire irruption dans la chambre, l'interrompant. Il s'exclame :

-Ah ! Mais je vois qu'on a de la visite, c'est bien ça. Et tendant une main amicale à Jean : je me présente, *Docteur Tête*, comme a bien voulu me baptiser Mlle Serat, ici présente. C'est moi qui ai en charge cette magnifique jeune femme, pendant son séjour ici.

Jean serre la main de l'homme et regarde Isabelle. Son sourire est béant et ses yeux lumineux. Il lit sur la blouse du médecin, docteur Bernard Tapan, Psychiatrie/Addictologie. *Docteur Tête* !

Une épitaphe façon Mathilde. Joliment trouvé ! Il comprend mieux à présent.

La revue, l'article sur les lignes, le sourire de *La Zazou*, son optimisme. Est-ce que le monde va lui sembler moins lourd à porter ? Au moins durant quelque temps ?

Quand un quart d'heure plus tard il quitte Isabelle, le soleil a déjà tourné le dos à Paris, il fait presque nuit. Jean ne lit plus à ses pieds ni les lignes bleues, ni les jaunes, ou les vertes qui conduisent les destins dans ce labyrinthe hospitalier. Il remonte le col de son blouson et souffle dans ses mains.

Le froid, l'humidité et l'obscurité l'ont surpris. Le poids de cette journée tombe à nouveau sur ses épaules. Il s'éloigne en baissant la tête. Il n'a pas envie de rentrer. Pas tout de suite. Pas seul.

Ce qu'il éprouvait de joie est resté derrière la porte de la chambre quand il l'a refermée sur Isabelle et le médecin.

Il se sent à nouveau triste.

Rue de la Santé, il voit sur la vitre d'un abribus une affiche de cinéma. Le déclic est immédiat. L'idée s'impose d'elle-même.

Voir un film. Voilà, c'est ça.

C'est exactement ce dont il a besoin. Les images des autres, la vie des autres, leurs doutes et leurs espoirs. Qu'il oublie la sienne. Qu'il voyage ailleurs. Qu'il soit un autre, une heure ou deux. Il sait que place d'Italie, un complexe lui offrira un choix XXL. Il remonte le boulevard Arago, pressé, fébrile. Il va choisir un film pas compliqué, facile à suivre, avec un *happy end*. Un film américain où le héros gagne toujours. Jack Nicholson, Morgan Freeman : deux héros pour le prix d'un. Il ignore de quoi ça parle. Des siècles qu'il n'a pas mis les pieds dans un cinéma ! *Sans plus attendre* : le titre sous-entend une urgence, de l'action, du rythme, des cascades peut-être. Un bon film musclé, tonique.

Il pense qu'il est sauvé. Et pourtant une heure trente plus tard, il entend la voix triomphante de Mathilde s'insérer subrepticement dans sa tête « Alors là, tu l'as bien cherché, il n'y a pas de hasard.

Et si tu veux continuer de négocier, ça ne va pas s'arrêter. »

Le film a fini de le mettre K-O.

Cette histoire de deux mourants qui ne veulent pas trépasser sans avoir réalisé leurs rêves, qui dressent la liste des derniers bonheurs à vivre et s'acharnent à doubler le temps afin de réparer en quelques mois ce qu'ils ont loupé toute leur vie est une provocation.

Son rêve à lui est impossible.

Il n'entendra jamais le rire cristallin de son frère résonner dans ses oreilles. Sa main ne prendra jamais la sienne pour le conduire dans un jardin. Son monde restera pour toujours cette bulle au plastique dur et transparent, puis cette urne au métal froid.

Chacun d'un côté, à jamais séparés, à demi vivants.

C'est vrai, dirait Mathilde... ça tu ne le rattraperas pas, mais tu peux vivre autre chose, toi, tu es vivant. Qu'est-ce que tu fais depuis toutes ces années ? Tu vis. Alors, autant vivre bien. Tu dois le faire le deuil de ton frère. Le monde ne s'arrête pas de tourner à chaque tombe creusée. Il ne s'est pas fait non plus avec des

« si ». Qui peut dire ce que tu aurais vécu s'il avait été là ? …

C'est comme ces sacs de femme dans lesquels on trouve toutes sortes de choses inutiles. Ces sacs remplis de « Au cas où, on ne sait jamais… ». Cette compilation d'objets primordiaux calme leurs angoisses leur laissant penser qu'elles ont tout sous la main, mais pèse une tonne et leur scie l'épaule. Le sac « Si » dans lequel jamais personne n'a trouvé le coupe-misère qu'il faudrait pour parer à toutes les catastrophes de cette foutue vie.

Mathilde et ses élucubrations.

Quelle bouffée d'oxygène !

Jean effectue le retour jusqu'à son appartement, dans une sorte de transe, mode robot.

Le métro, les gens, les rues, il ne s'en souvient pas.

Il est près de 20 h quand il s'effondre tout habillé sur son lit une bouteille de whisky à la main.

Chapitre 13

Mathilde lui manque.

Il a soif de son ventre, ferme et doux. Contre lequel il pose la tête après l'amour. Contre lequel il s'enroule et fait l'enfant.

Un enfant cassé et titubant.

Son ventre, berceau de l'humanité, élu zone privilégiée, en pole position devant son sexe, ses seins, ses hanches, sa bouche. Est-ce qu'il pourrait y planter un espoir ? Est-ce qu'il a seulement envie d'essayer ?

« On n'essaie rien, lui avait un jour rétorqué Mathilde. On fait ou on ne fait pas, mais le verbe essayer n'existe pas. Regarde, je te montre… ».

Pour Mathilde, la vie était un théâtre permanent, à la logorrhée intarissable et à l'imagination expansive.

Il faut courir pour la suivre.

« Assieds-toi, bien droit et maintenant pose tes mains à plat sur tes genoux. Voilà, comme ça. Et maintenant, essaie d'en soulever une. Vas-y, essaie. Bah voilà. Tu vois ! Tu choisis de la soulever. Tu n'as pas essayé, tu l'as fait. Essayer ne veut rien dire. Et c'est valable pour tout.

Tu fais ou tu ne fais pas, tu prends des risques et tu vois. Le bonheur n'est pas plus compliqué. Pas plus extraordinaire. Une multitude de petites choses en font une grande.

Inutile de se retrouver à 3 h du matin en haut d'un clocher à taguer le prénom aimé. Pas obligé non plus de se retrouver en bas d'un cratère pour chauffer un anneau au fer rouge et y graver un cœur. Ni de grimper l'échelle des pompiers par force 8, pour s'ingénier à attraper la lune au lasso. Encore moins de plonger dans la mer par moins 15° pour repêcher un chapeau, qui au final s'y trouve bien.

Mais par contre, faire mille kilomètres pour un baiser, pourquoi pas ? Se taire toute la durée d'un film même s'il est en finlandais, c'est possible. Rester zen dans un embouteillage en plein soleil tout en continuant d'expliquer pourquoi Catherine ne choisissait pas entre Jules et Jim, amusant. Offrir une fleur, composer une chanson, prendre un café en discutant de la passion du chocolat selon Lindt et Sprungli, excellent ! Avec pour seule devise, inlassablement : "Vivre des moments légers, avec des gens profonds". Toujours choisis, jamais subis jusqu'à ce qu'un jour vienne pour les deux, en réciprocité, et simultanément, l'évidence. »

Les délires de Mathilde, un bon remède contre la déprime !

Le désir monte en lui. Vif, impétueux. Il imagine ses seins. Ils se moulent entre ses doigts. Généreux, fermes et doux. En poire, avec leurs mamelons bruns. Et il sent son odeur comme si elle était là, toute proche, sa peau contre sa bouche. Un peu de sa sueur mélangée à son eau de toilette. Il la voit nue sur le lit, les draps défaits, ses grands yeux noirs rivés aux siens. Plus tard, un bras passé sous ses reins, l'autre tendu, leurs sexes mouillés et leurs haleines essoufflées. Il est sur elle, en elle, avec elle. Mathilde, lovée contre lui, en refuge dans ses bras, la tête sur son épaule, tout son corps courant le long du sien.

Une évidence !

Et pourtant, est-ce qu'il n'a pas déjà vécu ça avec Élodie ? Élodie, son premier amour. Terminale B3. Son arrivée en classe le jour de la rentrée. Il est resté statufié. La plus jolie fille de toute la ville. Elle lui a souri timidement et demandé si elle pouvait s'asseoir à côté de lui. Il n'a pas osé refuser. C'était pourtant la place d'Henri, mais il était en retard. « Désolé mon vieux, pas de ma faute, c'est un ange blond, j'ai rien pu faire », s'est-il excusé à distance avec un geste de la main et un mouvement de tête, quand celui-ci est enfin entré.

Henri lui a pardonné, car la nouvelle prof de philo est à son tour apparue. Ils se sont trouvés chanceux de vivre ensemble leur première grande histoire d'amour. Henri a fini par épouser Catherine de neuf ans son aînée. Ils semblaient heureux, ont eu un enfant, son filleul. Jean a reçu un sale coup en fin d'année quand Élodie lui a annoncé qu'elle partait aux États-Unis, d'où elle n'est jamais revenue. Elle a définitivement ancré en lui qu'en amour, rien ne dure.

Par la suite, il a privilégié des femmes au profil moins romanesque, des femmes-enfants qu'il contrôlait inconsciemment et avec qui il n'a jamais eu à prendre de décision. Son métier, ses absences, ses silences et son cynisme en font un homme d'autant plus intrigant qu'il parait inaccessible. Difficile à approcher, à séduire et à apprivoiser. Son inaptitude au deuil le rend imperméable au bonheur. Même s'il ne l'a jamais exprimé, et ne s'en est jamais plaint, son comportement de baroudeur et ses airs détachés donnaient à penser que la souffrance n'est pas digne. La douleur qu'il n'a jamais voulu affronter, il l'a infligée à l'autre.

En quittant les femmes le premier, il s'est épargné d'être à nouveau abandonné. Lors d'un déjeuner au cours duquel il lui avait exprimé son désarroi, l'oncle Émile lui a posé une question :

« À ton avis, qu'est-ce qu'il est plus difficile de faire : devenir une crapule ou un type bien, résister aux coups du sort ou les laisser te mettre K-O ? Réfléchis bien, dans les deux cas, cela demande un effort. Il n'y a ni bonne ni mauvaise réponse, juste une à choisir pour continuer de vivre. Le jour où tu l'auras trouvée, et quelle que soit cette réponse, tu seras heureux. C'est quand on ne sait pas où l'on va que l'on se perd le plus. Le jour où l'on choisit, la route apparaît d'elle-même et se déroule sous nos pas. »

Un silence a suivi qui a plongé l'oncle Émile en grande méditation. Jean s'est resservi un verre de vin et, avant de boire, a voulu trinquer, cynique comme il se plaisait à l'être certains jours :

« À la grande lâcheté des hommes, leurs défauts et leurs, néanmoins, grands courages… ».

L'oncle Émile lui a souri et dit un peu tristement :

« Je vais t'avouer une chose, Jean, mon petit. Je ne suis pas très fier, mais je n'ai plus honte à présent. Un matin qui n'était pas fait comme les autres, il y a de cela un mois ou deux, je me suis réveillé la tête à l'envers, avec une sorte de mauvaise conscience. Comme si d'un coup je me voyais. J'ai pensé à ma vie et tu sais ce qu'elle a été, n'est-ce pas ? J'en ai bien profité et je ne regrette rien. Et pourtant je ne sais pas pourquoi, mais je me suis mis à pleurer. Comme si pour une fois, j'étais lucide. J'ai pensé aux amis qui s'étaient détournés, aux femmes que j'avais quittées, aux enfants que j'avais trahis – au point de ne même plus employer le possessif- et à mes parents. J'ai pensé à ces innombrables anonymes que j'ai pu mépriser et à tous ceux que j'ai considéré comme des sous-fifres et que j'ai plus ou moins molestés. Je n'arrivais pas à me rappeler quand j'avais aimé, si même j'avais aimé. Il me semblait que tout sonnait faux. Je ne voyais plus que le mal en moi, le noir... Et j'ai pensé à tous les coups que j'avais portés. J'avais l'impression qu'ils s'étaient stigmatisés. Je me suis regardé dans la glace et j'ai cru voir apparaître comme une sorte de purpura géant qui, insidieusement et sans relâche toutes ces années, avait recouvert l'ensemble de mon corps et se révélait enfin au grand jour. Comme si de bleus en bosses, de contusions en hématomes, d'ecchymoses en meurtrissures, toutes ces mesquineries qui affectent notre quotidien, mon corps avait inscrit jour après jour la marque de ses forfaits. Dans une variante de jaune, noir ou vert, un peu de mauve parfois, toute nuance qui transcende la souffrance selon qu'elle varie d'intensité, le mal avait souillé mon sang. Comme une lente et douloureuse hémorragie qui se réveillait ce matin-là. »

L'oncle Émile avait marqué un temps.

Le souvenir semblait lui arracher une douleur qu'il cherchait à contenir en silence. Jean ne disait mot. Il n'était pas habitué à voir l'Émile en difficulté. C'était son héros depuis toujours.

Au-dessus de *Peluche* et du Polaroïd, un homme fait de chair et de sang qui lui avait toujours paru être une valeur sûre. Il n'était pas certain d'avoir envie d'entendre cette histoire qui résonnait comme une sorte de confession.

L'oncle Émile lui-même ne savait pas ce qu'il le poussait à cet aveu et pourtant il avait continué. Il savait ce qu'il représentait pour son neveu, cet enfant qu'il avait toujours vu souffrir. Il savait de quelle blessure était née son inaptitude au bonheur.

Il ignorait s'il pouvait y changer quelque chose, mais il avait essayé. Toutes ces années, il lui avait chanté les louanges de la vie de château. Il avait fait de sa vie un conte de fée qu'il s'était plu à raconter.

Est-ce qu'aujourd'hui la vérité, sa vérité pourrait l'aider ? Il a décidé de continuer :

« Et donc, ce matin-là, je me suis rendu compte que j'avais fait souffrir quantité de gens. Je me suis senti coupable. Autant te dire que j'avais mal. Je me suis dit que j'avais vécu comme un homme. Dans la culpabilité, le remords et la tristesse, quelquefois. L'oubli, le déni et la mauvaise foi, le plus souvent. Et pourtant j'aurais pu faire autrement, on peut toujours faire autrement. Il faut juste choisir. »

Jean ne se souvient pas bien de ce qui a suivi cette conversation. Un long silence et plusieurs verres de vin très certainement. Tous deux n'étaient pas hommes à pratiquer de trop longues introspections, même si ce jour-là pour l'oncle Émile et en ce moment pour Jean, la vie leur forçait un peu la main.

C'est à quelques nuances près, la même question que soulève Mathilde depuis ces dernières semaines et pour laquelle elle attend aujourd'hui, une réponse :

« Est-ce que tu as réfléchi ? Tu restes ou tu pars ? Tu viens ou tu continues de t'enfuir ? Choisis bon Dieu, tu me tues à ne pas savoir ! ».

Il voudrait la rejoindre. Tout en lui hurle : « Mais vas-y imbécile, fonce. Après tout, qu'est-ce que tu risques de plus ? » Et comme il n'y arrive pas, il se décide à lui écrire. Il saute du lit, allume son Mac, ouvre sa boîte mail. Un message de Franck l'attend. Sursis inespéré. Il pense qu'il est sauvé.

15 h 55 – Récap.
Les dernières heures sont passées extrêmement vite et ma notion du temps s'est un peu embrumée. La première grosse réplique du séisme a vraiment asséné un coup au moral de pas mal de monde. En plus d'être assez forte, elle s'est accompagnée immédiatement d'une mini-tempête et de pluies comme la région Chengdu en connaît rarement. Il y a apparemment une explication scientifique à ce phénomène, une histoire d'électricité, entre la terre et les nuages, qui explique qu'une secousse peut entraîner ce genre d'orage.

Concrètement néanmoins, cela a donné une ambiance de fin du monde, quand vers 1 h du matin une secousse nous fait nous précipiter dehors, pour nous mêler à une foule apeurée, alors qu'une tempête de poussière se levait et que la foudre au loin se rapprochai.

Dans le même genre de frayeur à vous faire coucher dehors, le soir même, vers 22 h, le gouvernement a envoyé des SMS à tout le monde, pour signaler qu'une forte réplique aurait lieu dans les 24 heures. Très intéressant, cette manière de communiquer du gouvernement chinois, par SMS. Tous les jours sur son téléphone mobile, la population entière reçoit des tas d'infos utiles, sur l'eau, sur l'état des répliques, des barrages autour de Chengdu, sur les fausses Croix-Rouge qui escroquent les bonnes âmes de donateurs... etc.

Devant les marches du bâtiment, des étudiants ont fait brûler une chaîne de grosses bougies représentant un cœur, pour un « I love China » extrêmement populaire ces temps-ci. D'abord lancé pour motiver le peuple sur les Jeux olympiques, le tremblement de terre du Sichuan a catapulté ce symbole tout simple au rang d'emblème national, accompagné d'un vibrant « Wo men zai yi qi » : « nous sommes tous ensemble », nouvelle devise de la Chine. Les villages – en Chine un village compte entre 10 et 15 000 habitants – semblent plus avoir subi un bombardement qu'un séisme. Il reste que leurs maisons sont détruites, l'eau potable n'arrive plus, l'hygiène est un problème majeur au vu des risques d'épidémies et de la bonne santé exaspérante des moustiques. Nos livraisons sont un peu des rencontres du troisième type...

Jean ne lit pas plus loin. Le troisième type l'a percuté de plein fouet. Il retourne au pied du lit chercher la bouteille de whisky, bascule la tête en arrière, se brûle la gorge, ferme les yeux dans une grimace et se rassoit.

À présent, il clique sur « Écrire un nouveau message », tape l'adresse de Mathilde, regarde la page blanche, pose ses doigts sur le clavier et réfléchit. Rien ne vient. Comme à l'accoutumée, il est incapable de s'exprimer par des mots. Leur univers lui est étranger. Il n'a jamais trouvé de réponse avec les mots. Il leur préfère le silence. C'est la raison pour laquelle il ne répond jamais au courrier et hésite toujours à prendre une communication au téléphone. Contrairement à Mathilde, ses paroles ne sont jamais prétextes à de fabuleuses histoires.

Un soir, elle l'a vraiment fait rire en tentant désespérément de lui vanter le pouvoir des mots, la noblesse des lettres et la richesse de leur utilisation. Debout sur le lit, à moitié nue, elle s'est insurgée :

-Est-ce que tu te rends compte au moins de ce par quoi il a fallu passer pour ériger le K, ne pas briser la patte folle du Q, parfaire l'arrondi du C, doubler celui du S et immobiliser l'Y ?

Ah bah non, ça non, il ne savait pas, elle ne lui avait pas encore fait ce numéro-là. Ne pas briser la patte folle du Q, nom de Dieu, mais où était-elle allée dénicher ça ? Une lettre n'est pas seulement un dessin, mais l'expression d'un sentiment intrinsèque…

Et là, le délire avait commencé.

Toujours nue sur le lit, elle avait tenté, sans perdre l'équilibre, de mimer son explication.

Les bras levés du V, le point de réflexion majeur du I, le biaisé du Z, le handicap sonore du N face au contour parfait du O… des lettres, puis des mots, puis des phrases. Et au final une histoire. Elle était bien partie ce jour-là encore et lui totalement subjugué.

-Tout est là, toujours, mon amour, dans l'histoire qu'on se fait des choses, des gens, de ce que l'on voit à première vue et qui n'est jamais qu'un pâle reflet. La vraie réalité d'un nuage, par exemple, ce n'est pas son poids même si en définitive, ça peut donner corps au récit. Ce n'est pas non plus son nom, même si en des temps lointains, un certain Luke Howard a pour ce faire été d'une grande finesse. Non. C'est surtout d'être à la source d'un imaginaire plus grand, voir le bon côté des choses en attendant qu'elles se retournent toutes seules et puissent être à même d'offrir enfin leur vrai visage.

S'imaginer voir passer une âme, un reste de vie, un contour humain parti se désagréger au ciel. Un mort qu'on croit avoir enterré six pieds sous terre et qui se balade peinard en cherchant ce qu'il va bien pouvoir faire de son âme les dix ou vingt prochaines années. Un mort qui voyage incognito jusqu'à ce qu'il tombe en graine sur une maison et trouve refuge dans le ventre d'une femme, qu'il trouverait belle ou gentille ou simplement disponible. À quoi ça sert un nuage si ce n'est à nous faire raconter des histoires ? Avant qu'il ne verse en pluie pour faire plaisir à nos scientifiques, les enfants peuvent bien y fourrer leurs rêves. Tu comprends ?

Jean avait balbutié :

-Oui et non, pas tout à fait. Quoique. Les nuages, Mathilde, mais pour moi ça fait toute la différence, ça change la lumière. Qu'un nuage se pointe et mes pixels se moirent. Qu'il me découvre le soleil et c'est le contre-jour assuré. Tu as déjà vu des photos faites à la mauvaise heure ?

Il est resté sérieux et tendu et cette fois-là n'a pas applaudi. L'idée du mort qui voyage incognito, et qui attend de trouver le ventre d'une femme l'a touché. Évidemment c'était impossible, rien de ce qu'avait dit Mathilde n'était probable et pourtant Jean avait envie d'y croire. Est-ce que son frère attendait là-haut un signal pour revenir ? Est-ce qu'il choisirait Mathilde pour mère s'il la voyait ? Elle était belle et disponible, sûre que n'importe quel enfant voudrait grandir en elle. Une femme à ce point forte et fantasque.

« Mathilde ma faiseuse d'histoires, dis-moi, c'est quoi en vrai ton secret ? D'où tires-tu cette énergie de vie, dans quel mystère, au fond de quel secret ? »

Elle avait ri comme toujours avant de répondre.

« Je suis comme ça, je n'y peux rien, c'est un don, faudra t'y faire, je ne quitterai pas le rêve pour la réalité. Le monde a besoin de rêves et moi j'ai besoin du monde. Je vais continuer d'échanger. Tu sais au fond, les rêves sont des réalités à portée de main. Entre les deux existe une échelle, toujours. Des barreaux à gravir un par un, et deux montants parallèles où s'accrocher, ne pas tomber, garder confiance, reprendre son souffle, s'appuyer et repartir… ».

Le pire, c'est qu'il la croyait.

Chapitre 14

La page ouverte sur son ordinateur va rester blanche, il le sait. Il ne rivalisera pas avec Mathilde. Ce n'est même plus le but. Il réfléchit. Boit une autre rasade de whisky. Ouvre la fenêtre. C'est toujours la nuit. Il fixe le trou noir que ceint la cour intérieure de l'immeuble. Il n'a jamais eu envie de sauter et ce soir-là pas plus qu'une autre fois, mais voler pourquoi pas. S'élancer et se sentir pousser des ailes, se croire capable d'être affranchi de l'apesanteur. Un rêve de gosse auquel il ne croit plus pourtant. Plutôt un cauchemar qui tue chaque année quatre cents enfants.

Il l'a lu, il n'y a pas si longtemps. En diagonale.

Quelque part.

Venir se poser contre Mathilde, la surprendre dans la nuit, être là, sans rien dire. Ne plus repartir. Elle comprendra. Alors ce sera simple.

Une nouvelle vie commencera. Ce sera samedi, un beau samedi. Un samedi où il vivra enfin apaisé, au milieu des plaisirs, dégagé des lourdeurs. Adieu, vendredi pourri. Merci la vie. Oui, mais alors…

« Oui, mais alors, rien ! Oublie ce que tu ne sais pas faire, concentre-toi sur ce que tu sais faire. Dis ce que tu veux et non ce que tu ne veux pas. Dis-le au positif, parle au présent. N'accuse jamais "Tu", mais prend tes responsabilités en "Je"… »

« Au diable *Monsieur Bulbe* », aurait dit Mathilde, sauf que cette fois-ci, ce n'est pas la voix de Mathilde qui l'admoneste. C'est une voix plus douce et plus consciencieuse, une voix remplie de piété et d'abnégation. Une voix qu'il n'entend jamais, qui parle bas et peu, mais qui le replonge dans des abîmes lointains. Une voix qu'il a cessé d'écouter pour ne plus entendre que la sienne, destructrice et ravageuse.

C'est la voix de sa mère qui d'un coup vient de surgir dans un angle de la cour. Comme il a vu le reflet de son père ce matin dans le miroir, il croit entendre la voix de sa mère. Il y a longtemps, un matin, son visage entre ses mains.

« Jean mon petit, écoute-moi, c'est maman, tout va bien, tu n'as rien fait. »

Il avait 18 ans, presque 19, et comme l'oncle Émile, elle l'appelait encore « mon petit ». Ça devait suivre l'été où Élodie l'avait quitté, il s'était réveillé en sueur. Il avait fait un cauchemar et de peur avait mouillé son lit.

Dans son rêve, Élodie se plantait devant lui, déboutonnait son chemisier, très lentement. Il ne voyait pas son visage, juste ses doigts et sa peau qu'elle dévoilait bouton après bouton. D'abord les seins et juste en dessous, une vision abominable. La tête d'un enfant. Une grosse tête de bébé qui avait pris toute la place de son ventre, qui en sortait, joufflu, souriant, vivant.

Effrayé, Jean s'était réveillé, le pantalon trempé, rempli de crainte. Il avait eu tellement honte qu'il n'avait pas voulu réveiller sa mère. Il avait roulé les draps en boule, ouvert la fenêtre de la chambre et était allé se coucher sur le canapé du salon. Elle l'avait trouvé au matin enroulé dans sa couverture. Quand elle avait posé sa main sur sa tête pour le réveiller, il s'était mis à pleurer.

Sa douceur l'avait ému, il s'était raccroché à sa main comme un enfant.

Et il avait geint, sans pouvoir s'arrêter :

« Et maintenant, qu'est-ce que je vais faire ? Je suis foutu, tu entends, foutu. Elle est partie, elle m'a tué, comme j'ai tué Lucas, je le sais, je les ai vus ensemble… dans son ventre. »

Il avait avoué, c'était trop tard. Il avait prononcé son prénom. Lucas. Il avait tiré du néant son petit frère si définitivement endormi dans sa boîte grise et blanche

Le monde de nouveau allait le pourfendre, le punir, lui faire payer.

Dieu était mort.

Une fois encore, il y a longtemps, cette nuit-là.

Sa mère avait parlé comme elle ne l'avait jamais fait.

Il entendait ces phrases comme si c'était hier.

« Jean, mon petit, écoute-moi. C'est maman, tout va bien, tu n'as rien fait. Rien. Oublie tout ça. Tu n'y peux rien. Concentre-toi sur ce que tu sais faire aujourd'hui. Dis-moi ce que tu veux, parle-moi, maintenant, au présent. Ne t'accuse pas. Personne n'est responsable. Jean, tu m'entends, mon petit… ne pleure pas. »

Elle l'avait bercé, caressé, rassuré. Il avait eu tellement honte qu'il avait tout refoulé.

Et ce soir, des bribes lui reviennent en mémoire. Il ignorait qu'il les avait enregistrées.

Alors pour la troisième fois de la journée, il se met à pleurer. Mais cette fois-ci, sans retenue.

Vraiment.

Sans honte ni pudeur.

Un barrage vient de céder qu'il ne retient pas.

Il rentre la tête entre les épaules, son corps glisse sur la moquette. Il n'est plus rien. Il est seul.

Son corps lui fait mal, sa tête, son cœur. Il étouffe.

Il n'a jamais tant pleuré. Peut-être même que c'est la première fois. Des torrents qui vomissent la peur et le mal et des années de silence qui dégorgent enfin le fiel des non-dits.

Tout ce qu'il avait rêvé de partager avec Lucas. Ses espoirs vains, des projets étouffés dans l'œuf.

Toucher sa peau, sentir son souffle, entendre son rire. Au moins ça ! Connaître son odeur. Peut-être que Jean ne l'aurait pas aimé, qu'il l'aurait détesté. Qu'il ne lui aurait pas manqué.

Oublier cette chambre blanche, sa tête qui dépasse de dessous du drap, sans expression, figé, méconnaissable. Froid, trop petit, aseptisé. Le cercueil couvert de roses. Ses parents assis de chaque côté de lui. Tordus, pliés, rapetissés. Les flammes, puis les cendres. Et entre les deux, la question. Où es-tu ? À quel endroit du monde ?

Il n'a jamais cessé de chercher.

Jean s'arc-boute à chaque pensée. Il ne retient ni les cris, ni la morve, ni les hoquets, ni les invectives. La douleur est là, partout, qui exsude de son corps, en soubresauts, contractures. Des convulsions pleines de biles et de glaires. Il est souillé, exsangue, tailladé et malheureux.

Malheureux, comme seul un enfant peut l'être. Sans limites. En croyant mourir. En voulant mourir.

Quand il se réveille, deux heures plus tard, il est sonné. Deux grosses caisses battent à ses tempes. Un mauvais son. Bien trop de bruit.

Il se tient la tête entre les mains et cherche des yeux la coupable. Il la voit. Cent pour cent malt. À une lettre près dirait Mathilde, elle ne trompe pas son monde. Évidemment, la bouteille est vide. Sèche et seule. Comme lui. Tous les deux effondrés en travers de la chambre.

Il a soif. Une soif phénoménale. Il se lève, titube jusqu'à la cuisine, fait jaillir l'eau au robinet et boit, sans s'arrêter. L'eau s'écoule sur ses joues, dans son cou. Elle est glacée, il la sent qui mouille sa chemise, qui gagne son torse. Il en verse dans ses mains et s'asperge le visage. L'étau se desserre, ses esprits lui reviennent.

Il va jusque dans la salle de bains, évite le miroir. Inutile de se flageller. Il connaît sa tête des mauvais soirs. L'expérience de ce matin suffit. Il prend une douche, enfile un tee-shirt et retourne s'asseoir sur son lit.

Il laisse son regard errer, revenir, repartir, se souvenir. Le mur. Son mur. Des lieux, des visages, des tragédies. Des dizaines de photos qui ont chacune une histoire et des émotions qu'il ne regrette en aucune façon. Qui sait, sans elles, ce qu'il serait devenu ? Si elles n'avaient pas été là, jour après jour, devant son objectif, de l'autre côté de lui ? Si elles n'avaient pas fait écran ? Pourtant il comprend que quelque chose s'achève et que, quelle que soit sa décision, tout, à présent, va être différent. Il sait ce qui lui reste à accomplir.

Et il l'accomplit.

Sans précipitation.

Avec calme.

Il s'empare d'un vieux carton à chaussures, rempli de tout, ou plutôt surtout de rien. Voilà qu'il se met à raisonner comme Mathilde, par l'absurde. « Faudrait voir à pas trop en faire non plus », se dit-il.

Il le renverse par terre. Des stylos, une boîte de punaises, du scotch, un marqueur, des post-it, un carnet de timbres, un cadenas, un paquet de chewing-gums, des agrafes, une pipe, un cendrier, un briquet, et mille et une autres bricoles. Ça fait un assez gros tas, ce n'est pas rien, ça fait un tout, c'est même utile.

Il le secoue, souffle dedans, chasse les poussières, tire sur le bas de son tee-shirt, essuie les parois.

Alors satisfait, il se place debout face au mur, respire un grand coup et en silence, commence à ôter une à une, les photos.

Tempêtes de sable, raz-de-marée, ouragans, foudres, feux de forêt, tremblements de terre, cailloux, roches, cendres. Villages dévastés, rues désertées, regards anonymes, corps étrangers, désincarnés, démantibulés. Tout ce que la nature a donné à l'homme et qu'elle a repris avec avidité. Dans le chaos, le bruit, la peur. Sans préavis, sans raison. Parce que c'était ainsi.

Tout un mur de désolation. Le ciel et la mer inversés. L'humanité déroutée, anéantie, assassinée.

Une seule photo au milieu de cette mosaïque ne provient pas d'un de ses objectifs. Une prise de vue qu'il n'aurait jamais eu le cran de prendre par lui-même, mais qu'il a tenu à avoir sous les yeux. Comme preuve de sa lâcheté. Un carré abominable. Vif et lumineux. Rouge et jaune. Des ombres sang sur un mur ocre. Les fantômes de la détresse. Des traces de doigts qui dessinaient des formes et qui parlaient à Jean. Une photo d'Annie Leibovitz. Un massacre d'enfants dans une école tutsi. Rwanda. 1994.

Lui n'aurait jamais pu aller là-bas ni même photographier un enfant ou un souvenir d'enfant.

Mathilde a été choquée la première fois qu'elle s'est retrouvée face à ce mur. Elle a refusé de rester, refusé de dormir. Elle s'est arrachée de ses bras, s'est caché le visage dans ses mains et s'est enfuie de la chambre. Elle ne voulait pas voir. Il y en avait trop. Elle ne comprenait pas, ou plutôt si. Qu'il ne soit jamais chez lui, toujours ailleurs, ça s'expliquait à présent. Comment pouvait-on dormir en face de « ça » ?

Elle n'a pas trouvé de mot adéquat pour exprimer cette anthologie des horreurs du monde. « Ça », cette chose, cette compilation morbide. On dirait un sanctuaire. « Jamais, avait-elle dit durement, tu m'entends, jamais, je ne dormirai face à ça ! » Il avait voulu se défendre : « Ce n'est que la réalité Mathilde. Partout dans le monde, la réalité. Je n'ai rien inventé ». Elle n'est plus revenue, il l'a rejointe chez elle. Il a de moins en moins dormi chez lui. S'est imprégné de son intérieur à elle, gai, vivant, coloré, inventif. Son antre *Feng-shui-zen* comme il aimait à le caricaturer.

Et aujourd'hui, avec le recul, son mur prend une dimension différente. Comme tout, d'ailleurs, depuis ce matin.

Les gens, les choses, les situations lui sont revenus en boomerang, avec de l'épaisseur.

Comme s'il les voyait pour la première fois.

C'est son rêve qui a tout déclenché. Qui a tiré sur la ficelle du sentiment et a commencé de le déstabiliser ? Son rêve et l'apparition de son père dans le miroir ont ouvert une brèche. Les éléments par la suite n'ont fait que s'accumuler les uns derrière les autres.

L'insomnie et donc le livre, et donc la photo. Les mails de Franck et celui de Mathilde. La diagonale interrompue à l'heure du premier café. Son trajet jusqu'au quotidien *Le Monde*. Monsieur *Motocrotte*, *Le Reptile*, Henri, l'oncle Émile, *La Zazou*, *Docteur Tête*, les lignes de fuite et même Morgan Freeman et Jack Nicholson. Sa mère tout à l'heure dans un coin de la cour. Comme en écho à ses questionnements. Et couvrant le tout, en voix *off*, incessante : Mathilde et ses élucubrations. Merde, Mathilde, mais tout est là. Devant moi.

Des années à parcourir le monde, à tenter de comprendre ses cataclysmes, à collecter ses ruines. Des milliers d'images pour échapper à une seule. Celle qui les contient toutes. Une urne pleine qu'il lui fallait vider, cendre après cendre. Des milliers de photos, comme autant de grains à écouler. Le monde et l'urne, devenus une même chose, un même lieu, en faire le tour jusqu'à l'épuisement. Le terrain privilégié des horreurs, catastrophe après catastrophe. Pour lutter, vivre quand même. Être témoin, ne pas oublier. Exhorter la vie, la transcender.

J'ai tout faux, hein Mathilde, depuis le début, j'ai tout faux. *De la merde dans les yeux*.

Mon lundi de l'enfance, sacrifié.

Mon mardi de l'adolescence, idem.

Il avait pourtant, comme dans tes yeux Mathilde, toutes les promesses du monde. Est-ce que je t'ai dit comme elle était belle ? Élodie, mon Élodie. Belle à hurler. Je l'aimais. J'y ai cru. Je te jure que j'y ai cru. Avec elle, j'aurais pu oublier. Recommencer. Mais il a fallu la décrocher de mon crâne. Elle aussi. Me répéter des millions de fois « Stop. Oublie. Lâche l'affaire. » Il a fallu laisser mourir l'amour. Un jour après l'autre. Le laisser s'écouler pour rien ni personne. Se racornir. Se vider. Ça a été l'enfer. Et il n'est rien resté.

Après ça, je n'ai rien gardé. Pas même une photo. Aucune. J'ai tout jeté. Comme je n'ai rien gardé des autres femmes, non plus. Elles n'ont fait que passer. Je n'avais pas de place. Quand la foudre s'abat, elle cause des dégâts. Et si personne ne vient déblayer, ils occupent toute la place. Et moi, je n'avais plus les moyens. Je suis parti et j'ai fait des photos. J'ai créé des souvenirs, pour d'autres. Les miens étaient morts.

Mon mercredi social, mon métier, ma passion. Sacrifié aussi. Sur les traces du chaos, un chemin jonché de cadavres. Un filtre en permanence devant les yeux. La misère des autres. Et toi, Mathilde, mon jeudi de l'amour, combien de temps encore à te sacrifier aux souvenirs, à la nostalgie, à la peur, aux deuils impossibles.

Qu'est-ce que j'attends ? Moi, le grand voyageur qui a franchi tant de frontières. En première ligne de tous les branle-bas naturels, de quoi ai-je peur ?

De toi Mathilde ? De ton amour ? Mais si tu partais Mathilde, si tu mourrais. Je ne m'en remettrais pas. Pas cette fois-ci. Pas après tout ça.

Alors une à une, comme un voile qu'on lève, Jean retire les photos et les place au fond de la boîte.

À leur place apparaît un mur vide.

Une terre vierge. Immaculée.

isponible.

Et entre chaque carré blanc, une marque plus foncée. Le temps a laissé une trace comme une brisure. On dirait une sorte de puzzle dont les morceaux ne se rejoignent jamais.

Fragmentés. Désunis. Uniques.

Sûr que Mathilde aurait toute une théorie là-dessus.

Jean en sourit d'avance, mais ne la développe pas.

De même qu'il ne cherche pas à nettoyer les taches ni à restaurer la surface ainsi dépossédée.

Il se recule, juge de l'effet.

Croit voir par anticipation ce que Mathilde découvrira aussi. En tout cas, il l'espère. Il cherche son téléphone portable. Le trouve. Aucun nouveau message. Juste la date et l'heure. Toujours ce fameux lundi 9 décembre.

23 h 51. Il a encore le temps !

Il tâtonne un peu pour trouver le mode photo, cadre et sans réfléchir déclenche. La photo apparaît aussitôt. De médiocre qualité.

Depuis son premier Polaroïd, il n'a pas dû faire pire. Tant pis, ça fera l'affaire. On y voit une surface blanche, lisse, nue et vierge. Les taches ont disparu, la définition n'est pas assez bonne pour saisir toutes les nuances.

En fait, c'est plutôt une bonne chose.

Il l'envoie aussitôt à Mathilde.

En a la confirmation, dix secondes plus tard.

Lit « votre message a bien été envoyé ».

Il est 23 h 57.

Elle doit dormir et l'aura demain au réveil quand elle cherchera, la tête encore dans la nébuleuse, son portable à tâtons sur sa table de chevet.

Peut-être qu'elle ne comprendra pas.

Enfin pas tout de suite.

Mais très vite. Il en est certain.

Sûr qu'elle y verra une page blanche avant d'y voir un mur blanc. Sûr qu'elle y écrira déjà la première lettre du premier mot.

Il préfère aller dormir que d'y penser.

Il en aurait le vertige.

Paris, 2008.

Je suis devenu photographe par accident,
Mais la photographie a rendu ma vie possible.

1970. Richard Avedon.

Tout est toujours sur mon site :

https://www.louvernet.com